LES DAMES DE MISSALONGHI

De la même autrice

Le Temps de l'amour, L'Archipel, 2018 ; Archipoche, 2019.

Les Quatre Filles du révérend Latimer, L'Archipel, 2016 ; Archipoche, 2017.

La Passion du Dr Christian, Archipoche, 2015.

Un autre nom pour l'amour, Archipoche, 2015.

Tim, Archipoche, 2015.

Les Caprices de Miss Mary, L'Archipel, 2010 ; Archipoche, 2011.

La Maison de l'ange, L'Archipel, 2006 ; Archipoche, 2007.

Le Cheval de Troie, L'Archipel, 1999 ; Archipoche, 2018.

Les Dames de Missalonghi, L'Archipel, 1998.

Les oiseaux se cachent pour mourir, Belfond, 1977.

« L'espoir est une terre lointaine »

L'Île du maudit, L'Archipel, 2017 ; Archipoche, 2018.

La Revanche du maudit, L'Archipel, 2017 ; Archipoche, 2018.

« Les enquêtes de l'inspecteur Delmonico »

Péché de chair, L'Archipel, 2016 ; Archipoche, 2018.

Le Dernier Banquet, L'Archipel, 2014 ; Archipoche, 2016.

Fleurs sanglantes, L'Archipel, 2012 ; Archipoche, 2013.

Douze de trop, L'Archipel, 2011 ; Archipoche, 2012.

Corps manquants, L'Archipel, 2007 ; Archipoche, 2008.

(suite en fin d'ouvrage)

COLLEEN McCULLOUGH

LES DAMES DE MISSALONGHI

Traduit de l'anglais
par Marianne Véron

ARCHIPOCHE

Ce livre a été publié sous le titre original
The Ladies of Missalonghi
par Century Hutchinson, Londres, 1987.

Notre catalogue est consultable à l'adresse suivante :
www.lisez.com/archipoche/44

Éditions Archipoche
92, avenue de France
75013 Paris

ISBN 978-2-3773-5982-0

À ma mère,
qui a su réaliser son rêve de vie
dans les Montagnes bleues

Note de l'auteur

Nous signalons aux lecteurs, qui auront remarqué que Missalonghi est écrit avec un « a » au lieu d'un « o » comme il est aujourd'hui correct de l'orthographier, qu'en Australie, à l'époque où se situe cette histoire, l'ancien « a » était plus courant.

— Pourrais-tu me dire, Octavia, pourquoi la chance ne nous sourit jamais ? s'exclama Mme Drusilla Wright à l'adresse de sa sœur. (Puis elle ajouta avec un soupir : Il faut refaire le toit.

Miss Octavia Hurlingford laissa retomber ses mains sur ses genoux, et ponctua d'un douloureux hochement de tête le soupir qu'elle poussa en écho à celui de sa sœur.

— Oh ! mon Dieu ! En es-tu sûre ?

— C'est Denys qui me l'a dit.

Comme leur neveu Denys Hurlingford tenait la quincaillerie du village et que son entreprise de plomberie prospérait aussi, sa parole faisait loi en ce domaine.

— Combien cela peut-il coûter ? Faut-il le refaire entièrement ? Il suffirait peut-être de remplacer les tôles les plus abîmées ?

— Il n'y en a pas une seule qui soit récupérable, d'après ce que dit Denys. Cela nous coûtera dans les cinquante livres, je le crains.

Le silence s'installa, chacune des deux sœurs se demandant où trouver cet argent. Elles étaient assises côte à côte sur un canapé rembourré de crin, dont les jours meilleurs remontaient si loin que nul ne s'en souvenait. Mme Drusilla Wright ourlait à jours la bordure d'une nappe de lin, avec un soin de miniaturiste, et Miss Octavia Hurlingford travaillait au crochet sur un ouvrage aussi délicat que celui de sa sœur.

— Nous pourrions payer avec les cinquante livres que Père a déposées pour moi à la banque lorsque je suis née, suggéra la troisième occupante de la pièce, cherchant à se faire pardonner sa prodigalité : elle n'économisait pas un seul penny de l'argent que lui rapportait la vente du beurre et des œufs. Assise sur un tabouret bas, une navette et une pelote de fil écru dans les mains, elle laissait courir ses doigts sur un ouvrage de dentelle avec la sûreté aveugle d'une tâche parfaitement maîtrisée.

— Merci, mais il n'en est pas question, répondit Drusilla.

Ainsi s'acheva l'unique conversation pendant ces deux heures de travaux d'aiguille du vendredi après-midi ; car, peu après, l'horloge du vestibule sonna quatre heures. Tandis que s'évanouissaient les dernières vibrations du carillon, les trois dames commencèrent à ranger leurs ouvrages avec les gestes machinaux enseignés par une longue habitude : Drusilla sa couture, Octavia son tricot et Missy sa dentelle. Chacune de ces dames replia son travail dans un sac identique en flanelle grise, fermé par un cordon coulissant, après quoi chacune de ces dames rangea son sac dans un vieux buffet d'acajou, placé sous la fenêtre.

Jamais, jamais, cette routine ne variait. À quatre heures, la séance de travail manuel s'arrêtait, et une nouvelle période de deux heures s'ouvrait, mais d'un ordre très différent.

Drusilla allait jouer de l'orgue, son unique trésor et unique plaisir, tandis qu'Octavia et Missy passaient à la cuisine pour y préparer le repas du soir.

Lorsqu'elles s'agglutinaient sur le seuil comme trois poules incertaines de leur hiérarchie, on voyait aisément que Drusilla et Octavia étaient sœurs. Toutes deux étaient très grandes, avec un long visage osseux et pâle, anémié ; mais, alors que Drusilla présentait une silhouette massive et musclée, Octavia se tenait de travers, recroquevillée par une maladie osseuse. Missy était grande aussi, mais nettement moins, à peine un mètre soixante-dix, comparé au mètre soixante-quinze de sa tante, et au mètre quatre-vingts de sa mère. Elle n'avait cependant aucun autre trait commun avec elles, étant aussi brune qu'elles étaient blondes, aussi plate de buste qu'elles étaient opulentes, et avec des traits aussi fins que les leurs étaient épais.

La cuisine était une vaste salle nue, au fond d'un long couloir sombre, et la peinture marron qui en couvrait les murs contribuait à l'atmosphère générale de morosité.

« Épluche les pommes de terre avant d'aller cueillir les haricots, Missy », recommanda Octavia en s'enveloppant du grand tablier qui protégeait sa robe marron des périls de la cuisine. Pendant que Missy épluchait les trois pommes de terre jugées suffisantes, Octavia attisa les braises dans la chaudière de l'énorme fourneau en fonte noire qui masquait le devant de la cheminée ; puis elle ajouta du bois, régla la tirette, et mit une grosse bouilloire à chauffer. Elle alla ensuite à l'office chercher le porridge du lendemain matin.

— Juste ciel ! s'exclama-t-elle, et elle réapparut avec un sac en papier brun dont le fond laissait échapper une pluie de céréales, tels des flocons de neige sale. Regarde-moi cela ! Des souris !

— Ne vous inquiétez pas, je poserai des pièges ce soir, répondit Missy sans se retourner, occupée à mettre ses pommes de terre dans une petite casserole d'eau, avec une pincée de sel.

— Ce ne sont pas des pièges posés ce soir qui nous permettront de prendre notre petit-déjeuner demain. Il va falloir demander à ta mère si tu peux aller acheter des flocons d'avoine chez l'Oncle Maxwell…

— Ne pourrions-nous pas nous en passer, pour une fois ? Missy détestait les flocons d'avoine.

— En *hiver* ? (Octavia la dévisagea comme si elle était devenue folle.) Un bon gros bol de porridge est économique, ma fille, et il te met d'attaque pour la journée. Et maintenant, dépêche-toi, pour l'amour du ciel !

De l'autre côté du vestibule, la musique d'orgue était assourdissante. Drusilla jouait atrocement mal et s'était toujours entendu dire qu'elle jouait divinement ; mais une absence de talent aussi absolue requérait un entraînement sans pitié et, de 16 heures à 18 heures, tous les jours de la semaine, Drusilla s'exerçait donc. Il y avait une raison à cela : elle infligeait chaque dimanche son récital de fausses notes à la congrégation – essentiellement des Hurlingford – de l'Église d'Angleterre de Byron ; heureusement, aucun Hurlingford n'avait d'oreille, et tous les Hurlingford s'estimaient donc parfaitement satisfaits par sa prestation dominicale.

Missy se glissa au salon, non plus celui où elles travaillaient à leurs ouvrages, mais l'autre, qui était réservé aux grandes occasions, et où trônait l'orgue ; c'était là que Drusilla massacrait Bach, avec toute la force tonnante d'un chevalier au tournoi, le dos bien raide, les yeux clos, la tête un peu penchée et la bouche crispée.

— Mère ?

C'était à peine un chuchotement, un filament de souffle à l'assaut d'énormes cordages. Mais ce fut assez. Drusilla ouvrit les yeux et tourna la tête, résignée plus qu'irritée.

— Eh bien ?

— Pardonnez-moi de vous interrompre, mais il nous faudrait des flocons d'avoine, avant que l'Oncle Maxwell ferme son magasin. Les souris se sont introduites dans le paquet.

Drusilla soupira.

— Alors apporte-moi mon porte-monnaie.

Le porte-monnaie fut apporté, et une pièce de six pence extirpée de ses profondeurs flasques.

— Des flocons en vrac, bien sûr ! Avec les marques, on ne paie que l'emballage publicitaire.

— Oh non, Maman ! Les flocons de marque sont bien meilleurs, et puis ce n'est pas la peine de les faire cuire toute la nuit. (Un faible espoir envahit Missy.) En fait, si Tante Octavia et vous souhaitiez manger des flocons de marque, je serais heureuse de m'en passer pour compenser la différence de coût.

Drusilla se répétait sans cesse, ainsi qu'à sa sœur, que son unique espoir au monde était de voir sa timide Missy donner des signes d'audace. Mais cette humble tentative d'indépendance se heurta au mur autoritaire que la mère avait érigé sans le savoir. Et elle répondit, scandalisée :

— T'en passer ? Certainement pas ! Le porridge est notre aliment de base pour l'hiver. Et c'est beaucoup moins cher que brûler du charbon ! (Puis sa voix se fit plus amène, comme d'égale à égale.) Quelle est la température ?

Missy alla consulter le thermomètre dans le vestibule.

— 6 degrés.

— Eh bien, nous dînerons dans la cuisine et nous y passerons la soirée ! cria Drusilla en entamant une nouvelle séance de torture à la mémoire de Bach.

Emmitouflée dans son manteau de serge brune, que complétaient une écharpe marron moutonneuse et un bonnet marron en tricot, Missy sortit de la maison avec la pièce de six pence enfouie dans un doigt de ses gants marron tricotés, et s'engagea d'un pas rapide dans l'allée empierrée qui menait au portail. Elle avait glissé son livre dans un petit sac à provisions ; les occasions de faire une visite supplémentaire à la bibliothèque étaient rares et, si elle se dépêchait, nul ne saurait qu'elle ne s'était pas seulement contentée d'acheter des flocons d'avoine chez l'Oncle Maxwell. Ce soir, ce devait être Tante Livilla elle-même qui serait de service à la bibliothèque, et elle hériterait donc d'un livre de type éducatif plutôt que d'un roman. Mais, pour Missy, tout livre valait mieux que pas de livre du tout. Et puis, lundi prochain, Una serait là pour lui donner un roman.

L'air était voilé d'une fine brume écossaise, moitié brouillard et moitié bruine, qui couvrait de grosses gouttes la haie de troènes longeant la maison, baptisée Missalonghi. Dès qu'elle atteignit Gordon Road, Missy se mit à courir, jusqu'à ce que l'horrible point de côté revienne la tourmenter et l'oblige à ralentir. Cela allait nettement mieux en marchant, et elle se sentit heureuse, comme toujours quand se présentait le privilège de pouvoir quitter seule Missalonghi. Accélérant à nouveau dès que le point de côté disparut, elle commença de guetter les repères familiers que Byron offrait par une fin d'après-midi, lors d'une courte journée d'hiver.

Tout, dans la ville de Byron, rappelait la mémoire du poète, y compris la maison de la mère de Missy, Missalonghi, ainsi baptisée en réminiscence de la ville de Grèce – Missolonghi – où Lord Byron était mort en 1824. Cette bizarre nomenclature urbaine était entièrement due à l'arrière-grand-père de Missy, le premier Sir William Hurlingford, qui avait fondé la ville juste après avoir lu *Childe Harold* : émerveillé de découvrir un chef-d'œuvre littéraire qu'il pouvait comprendre, il avait enseveli toutes ses connaissances sous des tonnes de

Byron. Missalonghi se trouvait donc sur Gordon Road, Gordon Road donnait dans Noel Street, et Noel Street débouchait sur Byron Street, la rue principale ; du bon côté de la ville, George Street serpentait pendant plusieurs kilomètres avant de longer l'impressionnante falaise de Jameson Valley. Il y avait même une sorte de cul-de-sac baptisé Caroline Lamb Place, situé bien sûr du mauvais côté de la voie ferrée (de même que Missalonghi), où logeaient une douzaine de femmes effrontées, réparties entre trois maisons, et où leur rendaient hommage de nombreux visiteurs masculins, essentiellement des ouvriers qui travaillaient un peu plus haut sur la ligne ferroviaire, ou à l'usine de mise en bouteilles, le déshonneur architectural du sud de la ville.

C'était assurément l'un des aspects les plus surprenants et les plus intéressants de l'étrange personnalité du premier Sir William, qu'il eût, sur son lit de mort, vivement incité sa progéniture survivante à ne point interférer avec le cours de la nature en changeant la fonction de Caroline Lamb Place, qui était donc restée très ombragée depuis lors, et pas seulement à cause des marronniers.

Le premier Sir William avait toujours beaucoup tenu à ce qu'il appelait « une manière ordonnée de nommer les choses », et il avait attribué à ses filles des noms latins, parce que cela se faisait dans les sphères supérieures de la société. Ses descendants avaient maintenu la tradition, de sorte qu'il y avait des Julia, des Aurelia, des Antonia, des Augusta ; une seule branche de la famille avait tenté de renchérir sur cette politique, à l'arrivée du cinquième fils, en attribuant aux garçons des chiffres latins. L'arbre généalogique des Hurlingford avait ainsi le privilège de compter un Quintus, un Sextus, un Septimus, un Octavius, et un Nonus. Quant à Decimus, nul ne s'étonnait qu'il fût mort à la naissance.

Oh ! que c'était beau ! Missy s'arrêta pour admirer une immense toile d'araignée perlée d'effilochures de brume qui remontait de l'autre côté de Gordon Road. Une grande araignée mince trônait au centre de sa toile, escortée humblement par son minuscule compagnon du moment, mais Missy n'éprouva ni crainte ni dégoût ; simplement de l'envie. Non seulement cette créature fortunée possédait son univers en toute intrépidité et certitude, mais elle brandissait l'étendard des suffragettes en dominant son époux, en l'exploitant, et même en le dévorant lorsqu'elle avait tiré de lui… ce qu'elle avait à tirer de lui. Oh ! bienheureuse dame araignée ! Détruisez son univers, et elle le reconstruira sereinement sur un modèle inné, si joli, si délicat que sa fugacité en sera oubliée ; et, quand elle aura fini sa nouvelle toile, elle disposera dessus la prochaine série de prétendants, telle une parade mouvante – le mari du jour, pas trop robuste, le plus près possible du centre, et ses successeurs ensuite qui rapetisseront au fur et à mesure qu'ils s'éloigneront de la Mère tapie au milieu de la toile.

L'heure ! Missy reprit sa course, bifurqua dans Byron Street et se dirigea vers la rangée de magasins qui bordaient la grand-rue, juste avant que Byron Street ne devienne grandiose, avec le parc et la gare, puis l'hôtel à façade de marbre et l'imposant fronton égyptien de l'Établissement Thermal.

Il y avait l'épicerie générale de Maxwell Hurlingford ; la quincaillerie de Denys Hurlingford ; la boutique de chapeaux d'Aurelia Marshall, née Hurlingford ; la maréchalerie et la pompe à essence de Thomas Hurlingford ; la boulangerie de Walter Hurlingford ; le magasin de vêtements de Herbert Hurlingford ; la papeterie-journaux de Septimus Hurlingford ; le salon de thé de Julia Hurlingford ; la bibliothèque de Livilla Hurlingford ; la boucherie de Roger Hurlingford Witherspoon ; la confiserie-tabac de Percival Hurlingford ; et le Café-Milk Bar Olympus de Nikos Theodoropoulos.

Comme il seyait à son importance, Byron Street était goudronnée jusqu'au carrefour de Noel

Street et de Caroline Lamb Place, qui s'ornait d'un élégant abreuvoir en granit poli, offert par le premier Sir William, ainsi que de barres d'attache pour les chevaux tout au long des façades de magasins à marquises. La grand-rue était bordée de vieux gommiers magnifiques, qui contribuaient à lui donner un air de paisible prospérité.

Il n'y avait guère de résidences privées dans le centre de Byron. La ville vivait des estivants, soucieux de fuir la chaleur humide de la plaine côtière, et des curistes qui, toute l'année, venaient apaiser leurs douleurs rhumatismales en barbotant dans les sources chaudes qu'un monstre géologique avait placées sous la terre de Byron. Tout au long de Byron Street se succédaient les hôtels et les pensions de famille – tenus essentiellement par des Hurlingford, bien sûr. L'Établissement Thermal de Byron réservait un niveau de confort tout à fait satisfaisant à ceux qui avaient les moyens financiers d'y résider. Le vaste et prestigieux hôtel Hurlingford s'enorgueillissait, lui, de sources thermales privées, à l'usage exclusif de sa clientèle. Pour ceux dont les ressources pécuniaires se limitaient à une location en meublé, les bassins du Byron Spa offraient, au coin de Noel Street, une propreté spartiate.

Et l'on n'oubliait pas ceux qui étaient trop pauvres pour venir à Byron. Le deuxième Sir William avait inventé la Bouteille de Byron (célèbre dans toute l'Australie et les pays du Pacifique Sud), un flacon d'un demi-litre aux formes artistiquement élancées et à la transparence cristalline, remplie de la meilleure eau de source de Byron, délicatement effervescente, avec un goût spécifique et des qualités laxatives discrètes, sans rien d'intempestif.

Que soit damnée l'eau de Vichy ! proclamaient ceux qui avaient eu le bonheur de voyager en France. Cette bonne vieille Bouteille de Byron était non seulement meilleure, mais diablement moins chère. Et puis le verre était consigné. De judicieux investissements dans l'industrie du verre avaient mis la dernière touche à cette activité locale d'un prix de revient très modeste mais d'un rapport remarquable, qui continuait à prospérer, et à enrichir tous les descendants mâles du deuxième Sir William. Le troisième Sir William, petit-fils du premier et fils du deuxième, présidait actuellement la Compagnie de la Bouteille Byron, avec toute la rapacité sans scrupule de ses pères.

Maxwell Hurlingford, qui descendait en ligne directe du premier Sir William et se trouvait donc être immensément riche, n'avait certes nul besoin de tenir une épicerie générale. Cependant, l'instinct et le goût du commerce étaient tenaces chez les Hurlingford, et les principes calvinistes qui gouvernaient le clan établissaient que l'homme doit travailler pour trouver grâce aux yeux du

Seigneur. Sa stricte adhésion à cette règle aurait dû faire de Maxwell Hurlingford un saint sur terre mais n'était parvenue qu'à créer un ange-des-rues mâtiné de démon domestique

À l'entrée de Missy, une cloche tinta violemment – tel était bien le signal mis au point par Maxwell Hurlingford, afin de satisfaire tout à la fois ses exigences d'ascétisme et de prudence. Il émergea aussitôt des régions obscures de l'arrière-boutique, où s'entassaient de hautes piles de sacs de son, de paille hachée, de blé, d'orge, de farine et de flocons d'avoine ; non seulement Maxwell Hurlingford répondait aux exigences gastronomiques de la population de Byron, mais il nourrissait également les chevaux, les vaches, les cochons, les moutons et les volailles. Comme le remarqua un esprit fin lorsque le fourrage vint à lui manquer, le malheur des uns faisait le bonheur de Maxwell Hurlingford.

Son visage arborait l'habituelle expression d'aigreur, tandis que sa main droite portait encore une sorte de pelle hérissée de brins de paille.

— Regardez-moi ça ! gronda-t-il en brandissant sa pelle, exactement comme l'avait fait sa sœur Octavia avec le paquet de flocons d'avoine pillé par les souris. Des charançons partout !

— Mon Dieu ! Dans les flocons d'avoine en vrac aussi ?

— Partout.

— Alors mieux vaudrait me donner un paquet de céréales préemballé, s'il vous plaît, Oncle Maxwell.

— Heureusement que les chevaux ne font pas d'histoires, grommela-t-il en posant sa pelle et retournant derrière son comptoir.

La cloche s'agita encore, et un homme franchit la porte avec un grand tourbillon de vent froid, et un air de farouche détermination.

— Saleté de temps, il fait plus froid que des nichons de belle-mère ! déclara le nouveau venu en se frottant énergiquement les mains.

— *Monsieur !* Il y a des *dames* !

— Oh ! répondit l'inconnu, négligeant de s'excuser comme il aurait dû. (Au lieu de cela, il se pavana jusqu'au comptoir et adressa une grimace moqueuse à Missy stupéfaite.) Des dames, au pluriel ? Je n'en vois que la moitié d'une !

Pas plus Missy que l'Oncle Maxwell ne parvinrent à déterminer s'il s'agissait simplement d'une insolente allusion à sa petite taille dans une ville de géants, ou bien s'il l'insultait grossièrement en insinuant qu'elle n'avait rien d'une dame. De sorte que, quand l'Oncle Maxwell eut retrouvé l'usage de ses esprits et de sa langue, réputés pour leur acidité, l'inconnu était déjà bien lancé dans sa liste d'achats.

— Je veux six paquets de son, un paquet de farine, un paquet de sucre, une boîte de cartouches de calibre douze, un morceau de lard, six sachets de levure chimique, dix livres de beurre en conserve, dix livres de raisins secs, douze boîtes de sirop d'érable, six pots de confiture de prunes, et une boîte de dix livres de biscuits assortis d'Arnott's.

— Il est cinq heures moins cinq, observa l'Oncle Maxwell d'une voix raide, et je ferme à cinq heures précises.

— Alors vous feriez mieux d'accélérer le mouvement, non ? répliqua l'inconnu sans aucune marque de compassion.

Le paquet de flocons d'avoine préemballés attendait sur le comptoir ; Missy se hâta d'extraire la pièce de six pence, la posa devant l'Oncle Maxwell, et attendit en vain qu'il lui rende un peu de monnaie, mais sans oser lui demander comment une aussi petite quantité d'un produit si ordinaire pouvait coûter aussi cher, même paré d'une boîte aussi prétentieuse. Elle finit par prendre son paquet et s'en aller, non sans avoir jeté un nouveau coup d'œil à l'inconnu.

Il possédait une charrette tirée par deux chevaux, puisque cet équipage se trouvait attaché devant le magasin, et que Missy ne l'y avait pas vu en arrivant. Un fort bel équipage, d'ailleurs ;

les chevaux, au poil soigné et luisant, avaient néanmoins quelque chose de trapu, et la carriole semblait neuve, avec ses rayons peints en jaune sur fond brun.

Cinq heures moins quatre. Si Missy inversait l'ordre d'arrivée au magasin de l'Oncle Maxwell, elle pourrait arguer de la grossièreté de l'étranger et de l'importance de sa commande pour justifier son retard, et donc s'offrir le plaisir de faire un saut à la bibliothèque.

La ville de Byron n'avait pas de bibliothèque publique, comme d'ailleurs la plupart des villes d'Australie à cette époque. Mais une bibliothèque privée comblait cette lacune. Livilla Hurlingford était veuve, et dotée d'un fils dépensier ; la nécessité financière alliée à celle de demeurer respectable l'avait conduite à ouvrir une bibliothèque bien garnie, et la popularité du lieu ainsi que les bénéfices l'incitaient à négliger la loi qui, en semaine, obligeait les magasins de Byron à fermer à cinq heures de l'après-midi, car la plupart de ses habitués préféraient venir échanger leurs livres dans la soirée.

Les livres constituaient l'unique divertissement et le seul luxe de Missy. Elle avait la permission de garder l'argent gagné sur la vente des excédents d'œufs et de beurre de Missalonghi, et dépensait la totalité de ce maigre revenu en emprunts de livres à la bibliothèque de sa Tante Livilla. Sa mère et sa tante désapprouvaient ce gaspillage mais, après avoir proclamé quelques années auparavant que Missy devrait disposer d'un peu d'argent en plus des cinquante livres que son père lui avait données à sa naissance, Drusilla et Octavia étaient trop bonnes pour revenir sur cette décision sous prétexte que Missy se révélait affreusement dépensière.

Pourvu qu'elle fît sa part de travail – et convenablement, sans lésiner – ni l'une ni l'autre ne voyait d'objection à ce que Missy lût des livres, alors qu'elles s'opposaient formellement à son désir d'aller se promener dans la campagne. Se promener, c'était exposer sa personne (pas follement désirable) au meurtre ou au viol ; cette activité était à proscrire en toutes circonstances. Drusilla ordonnait donc à sa cousine Livilla de ne fournir à Missy que de *bons* livres ; aucun roman, ni de biographies scandaleuses, ni aucune lecture qui fût destinée au genre masculin. Tante Livilla respectait scrupuleusement ces consignes, car elle partageait les idées de Drusilla sur les lectures qui convenaient aux demoiselles.

Mais, depuis un mois, Missy cachait un secret honteux ; elle se procurait des romans. Tante

Livilla avait engagé une assistante pour tenir la bibliothèque le lundi, le mardi et le samedi, de manière à se ménager un répit de quatre jours, loin des importuns qui avaient tout lu ou dont les goûts ne trouvaient pas à se satisfaire sur ses rayonnages. Bien entendu, la nouvelle assistante était une Hurlingford, mais pas une Hurlingford de Byron ; elle était originaire de Sydney, lieu de délices et de perdition.

Les gens prêtaient rarement attention à la silencieuse Missy Wright, si timide, si renfermée, mais Una, comme s'appelait la nouvelle assistante, avait aussitôt paru déceler chez Missy l'étoffe d'une véritable amie. Et, dès son arrivée à Byron, Una avait fait parcourir à Missy un chemin stupéfiant ; elle connaissait déjà les habitudes et l'histoire de Missy, ses espérances, ses problèmes, et ses rêves. Elle avait également mis au point un système infaillible permettant à Missy d'emprunter les fruits défendus sans que Tante Livilla s'en aperçoive, et elle procurait à Missy des romans de toutes sortes, des plus aventureux aux plus follement romantiques.

Ce soir, bien sûr, comme ce serait Tante Livilla qui monterait la garde, Missy devrait se contenter de livres bien-pensants. Mais quand elle ouvrit la porte en verre et se retrouva dans la chaleur accueillante de la salle de lecture, c'était Una qui trônait au bureau, et l'on ne voyait aucun signe qui pût révéler la présence redoutée de Tante Livilla.

Ce n'étaient pas seulement l'indéniable vivacité, la compréhension, et la gentillesse d'Una qui avaient touché le cœur de Missy ; Una était remarquable par sa beauté. Elle était fort bien faite, et d'une stature qui révélait chez elle une vraie Hurlingford ; quant à ses vêtements, ils rappelaient à Missy ceux de sa cousine Alicia, toujours de bon goût, toujours à la dernière mode, et toujours à la limite du spectaculaire. D'une blondeur antarctique, Una avait le teint et l'œil très pâles, sans toutefois donner l'impression qu'elle était à moitié chauve ou décolorée, contrairement à toutes les femmes Hurlingford, excepté Alicia (si merveilleusement belle que Dieu lui avait dessiné des cils et des sourcils bruns, à la sortie de l'adolescence) et Missy (qui était entièrement brune). Plus étrange encore que sa blondeur, Una possédait une luminosité délicieuse, qui paraissait résider en elle plutôt que sur sa peau ; de l'ovale allongé de ses ongles émanait le même éclat, ainsi que de ses cheveux, relevés en mèches tout autour de sa tête, dont ils couronnaient le sommet d'un chignon si blond qu'il semblait presque blanc. L'air autour d'elle s'imprégnait d'une senteur qui flottait là sans que, pourtant, on pût être tout à fait sûr de la déceler. Fascinant ! Une vie entière exposée à rien d'autre que des Hurlingford laissait

Missy désarmée face au phénomène que représentait une personne éblouissante. Et voilà qu'en l'espace d'un seul mois elle en avait rencontré deux, Una avec son éclat intérieur et, aujourd'hui, chez l'Oncle Maxwell, l'inconnu dans sa nuée enivrante d'énergie.

— Chic ! s'écria Una en voyant Missy. Mon chou, j'ai un roman que vous allez adorer ! C'est l'histoire d'une jeune aristocrate dans le besoin, qui est obligée d'entrer chez un duc comme gouvernante. Elle s'éprend du duc, il arrive ce qui doit arriver, puis le duc s'ingénie lâchement à l'éloigner de lui parce que c'est sa femme qui a l'argent. Alors il l'expédie en Inde, où son bébé meurt du choléra aussitôt après la naissance. Ensuite, un maharadjah terriblement beau la voit et tombe aussitôt amoureux d'elle parce qu'elle a les cheveux dorés et les yeux verts, alors que toutes ses femmes et ses concubines sont brunes. Il l'enlève mais, une fois qu'elle est en son pouvoir, il se rend compte qu'il la respecte trop. Alors il l'épouse, et répudie toutes ses autres femmes, parce qu'il dit qu'un joyau aussi rare ne souffre aucune rivale. Elle devient une maharani très puissante. Mais voilà que le duc arrive en Inde, avec son régiment de hussards, pour écraser un soulèvement d'indigènes dans les collines, et il y parvient, mais il est mortellement blessé. Elle emmène le duc dans son palais d'albâtre, où il finit par mourir dans ses bras, après avoir obtenu son pardon pour tout le mal qu'il lui a fait. Et le maharadjah comprend enfin qu'elle l'aime plus qu'elle n'a jamais aimé le duc. N'est-ce pas une histoire merveilleuse ? Vous allez l'adorer, je vous le promets !

S'entendre raconter toute l'histoire ne décourageait jamais Missy de lire un livre ; elle accepta donc *Sombre amour* avec ravissement, et le glissa tout au fond de son cabas, en y cherchant son petit porte-monnaie. Mais il n'y était pas.

— Je crains bien d'avoir laissé mon porte-monnaie à la maison, dit-elle, mortifiée comme seul peut l'être quelqu'un de très pauvre et de très fier. Mon Dieu, j'étais pourtant sûre de l'y avoir mis ! Bon, eh bien reprenez le livre jusqu'à lundi.

— Bonté divine, mon chou, ce n'est pas la fin du monde si vous avez oublié votre argent ! Prenez le livre, sinon quelqu'un d'autre va s'en emparer, et il est si bon qu'on ne le reverra pas avant des mois. Vous me paierez la prochaine fois !

— Merci, murmura Missy, consciente de se lancer dans une aventure en totale contradiction avec les préceptes de Missalonghi.

Avec un sourire embarrassé, elle se dirigea vers la porte aussi vite que possible.

— Oh non ! ne partez pas tout de suite, supplia Una. Restez bavarder un peu, je vous en prie !

— Je suis navrée, mais je ne peux vraiment pas.

— Allons, juste une petite minute ! Maintenant, jusqu'à sept heures, c'est très calme car tout le monde prend le thé chez soi.

— Sincèrement, Una, je ne peux pas, répéta Missy, désespérée.

Una était têtue.

— Mais si, vous pouvez.

Constatant l'impossibilité de dire non à qui vous consentait une faveur, Missy capitula.

— Bon, d'accord, mais juste une minute.

— Ce que je veux savoir, dit Una, le regard lumineux en faisant voleter ses ongles brillants autour de son chignon, c'est si vous avez vu John Smith ?

— John Smith ? Qui est-ce ?

— Le type qui a acheté votre vallée la semaine dernière.

La vallée en question ne lui appartenait pas vraiment, bien sûr ; elle se trouvait simplement de l'autre côté de Gordon Road, mais Missy l'avait toujours considérée comme sienne et avait plus d'une fois confié à Una son désir de s'y promener. Son visage s'assombrit.

— Oh ! quel dommage !

— Bah ! C'est une excellente chose, si vous voulez mon avis. Il était temps que quelqu'un vienne mettre des bâtons dans les roues des Hurlingford.

— Eh bien, je n'ai jamais entendu parler de ce John Smith, et je suis sûre que je ne le verrai jamais, répondit Missy, s'apprêtant déjà à partir.

— Comment pouvez-vous savoir que vous ne l'avez jamais vu et ne le verrez jamais, si vous ne restez pas pour écouter à quoi il ressemble ?

Une vision de l'étranger qui était entré dans le magasin de l'Oncle Maxwell se dressa devant les yeux de Missy ; elle les ferma, et déclara d'une voix plus ferme qu'à l'accoutumée :

— Il est très grand, carré d'épaules, avec des cheveux bouclés auburn, une barbe auburn avec deux fines mèches blanches ; il porte des vêtements pas très propres et jure comme un charretier. Son visage est assez beau, mais ses yeux le sont encore plus.

— C'est lui, c'est lui ! s'écria Una. Ainsi, vous l'avez vu ! Où ? Dites-moi tout !

— Il est entré dans le magasin de l'Oncle Maxwell voici quelques minutes, et il a acheté un tas de provisions.

— Vraiment ? Alors c'est qu'il s'installe dans sa vallée. (Una eut un sourire espiègle.) On dirait que vous avez bien aimé ce que vous avez vu, n'est-ce pas, mademoiselle la cachottière ?

— Oh oui, admit Missy en rougissant.

— Moi aussi, la première fois que je l'ai vu, dit songeusement Una.

— Quand était-ce ?

— Il y a des siècles. Bien des années, en fait. À Sydney.

— Vous le *connaissez* ?

— Très bien, même, soupira Una.

L'avalanche de romans de ce dernier mois n'avait pas peu contribué à parfaire l'éducation sentimentale de Missy ; elle se sentit assez sûre pour demander :

— L'aimiez-vous ?

Mais Una répondit par un rire.

— Non. De cela, vous pouvez être certaine : je ne l'ai jamais aimé.

— Vient-il de Sydney ? poursuivit Missy, soulagée.

— Entre autres.

— Était-il de vos amis ?

— Non. Il était l'ami de mon mari.

C'était pour Missy la première nouvelle.

— Oh ! je suis désolée, Una ! Je n'avais pas idée que vous puissiez être veuve.

Una se remit à rire.

— Mais je ne suis pas veuve, mon chou ! Que Dieu et ses saints me préservent de porter du noir ! Wallace – mon mari – est encore tout à fait en vie. La meilleure description de mon mariage, c'est encore de dire que mon mari en est sorti – il m'a quittée.

De sa vie entière, jamais Missy n'avait rencontré de divorcée ; les Hurlingford ne brisaient pas leurs mariages, que ceux-ci fussent un paradis, un enfer ou un purgatoire.

— Cela a dû être terrible pour vous, dit-elle d'un ton neutre, prenant grand soin de n'avoir l'air ni prude ni choquée.

— Mon chou, personne ne peut savoir à quel point ce fut difficile. (L'éclat d'Una s'éteignit.) Ce n'était en fait qu'un mariage de convenance. Il trouvait mon statut social à son goût – ou plus exactement, c'était son père –, et je trouvais sa fortune tout à fait au mien.

— Ne l'aimiez-vous pas ?

— Mon grand problème – et cela m'a causé bien des ennuis – c'est que je n'ai jamais aimé personne autant que moi-même. (Elle fit une grimace, et sa lumière intérieure disparut à nouveau, après avoir tout juste repris son intensité normale.) Wallace était rompu à toutes les bonnes manières, et tout à fait présentable. Mais son père, ah ! son père était un affreux petit bonhomme qui sentait la gomina et le mauvais tabac, et qui n'eut jamais la moindre notion des bonnes manières. Il était dévoré du désir de voir son fils s'asseoir au sommet de la pyramide, et il consacrait tout son temps et tout son argent à produire précisément le genre de fils que les Hurlingford ne snoberaient pas. Alors que, en vérité, le fils aimait la vie simple et ne partageait en rien la folie des grandeurs de son père.

— Et que s'est-il passé ? demanda Missy.

— Le père de Wallace est mort peu après l'échec de notre couple. Beaucoup de gens ont dit qu'il avait eu le cœur brisé, et c'était aussi l'avis de Wallace. Quant à lui – je l'ai amené à me haïr comme aucun homme ne devrait haïr les femmes.

— Je ne peux pas le croire, déclara loyalement Missy

— Je comprends que vous ne puissiez pas le croire. Mais c'est quand même vrai. Pendant les années qui ont suivi, j'ai bien été forcée d'admettre que j'étais une sale égoïste cupide qu'on aurait dû noyer à la naissance.

— Oh ! Una, ne dites pas cela !

— Ne pleurez pas sur moi, mon chou, je n'en vaux pas la peine, déclara Una, redevenue brillante et dure. La vérité reste la vérité. Et me voilà donc, ensevelie dans un trou comme Byron, à faire pénitence pour mes péchés.

— Et votre mari ?

— Il a survécu. Et cela a été pour lui l'occasion de vivre enfin comme il l'avait toujours souhaité.

Missy avait encore cent questions qui lui brûlaient les lèvres, – sur l'évidente métamorphose des sentiments d'Una, sur la possibilité qu'un jour son Wallace et elle puissent se réconcilier, et sur John Smith, le mystérieux John Smith ; mais le bref silence qui suivit les paroles d'Una lui rappela brusquement l'heure. Elle s'élança avec un rapide au revoir, avant qu'Una ait pu tenter de la retenir encore.

Point de côté ou pas, elle couvrit les huit kilomètres en courant tout au long du chemin ou presque, et il avait dû lui pousser des ailes car, franchissant la porte de la cuisine, tout essoufflée, elle trouva sa mère et sa tante parfaitement disposées à accepter l'histoire de l'énorme commande de John Smith comme prétexte à son retard. Drusilla avait trait la vache, les os malades d'Octavia ne lui permettant pas d'accomplir cette tâche, les haricots étaient cueillis et mijotaient sur le fourneau, et trois côtes d'agneau grésillaient dans une poêle. Les dames de Missalonghi se mirent donc à table à l'heure. Et après le dîner vint la dernière tâche de la journée, le ravaudage des bas, sous-vêtements et linge de maison, qui avaient déjà fait beaucoup d'usage et subi bien des lessives.

L'esprit à demi occupé de la douloureuse histoire d'Una et à demi rempli de John Smith, Missy écoutait distraitement Drusilla et Octavia disséquer comme chaque soir les miettes de commérages qui avaient pu parvenir jusqu'à leur foyer affamé de nouvelles. Ce soir-là, après une première période de discussion concernant le mystérieux étranger dans le magasin de Maxwell Hurlingford (Missy n'avait pas transmis les informations glanées auprès d'Una), elles passèrent à l'événement le plus intéressant du calendrier mondain de Byron – le mariage d'Alicia.

— Je vais être obligée de porter encore ma robe de soie marron, soupira Octavia en refoulant une larme de détresse.

— Et moi, ma robe en drap marron, et Missy la sienne en lin marron. Mon Dieu, que j'en ai assez du marron, du marron, du marron ! s'écria Drusilla.

— Mais dans notre situation, ma sœur, c'est encore le marron qui est le plus raisonnable, dit Octavia, cherchant en vain à la réconforter.

— Pour une fois, reprit Drusilla avec flamme, en plantant son aiguille dans la pelote et repliant la vieille taie d'oreiller reprisée avec plus de passion que la malheureuse taie n'en avait connue dans sa vie entière. Je voudrais tellement être un peu fofolle, plutôt que raisonnable ! Comme c'est demain samedi, je vais devoir écouter Aurelia hésiter interminablement entre le satin rubis et le velours saphir pour sa robe à elle, et me demander mon avis au moins vingt fois, et moi – moi, je voudrais la *tuer !*

Missy avait sa chambre à elle, pauvrement lambrissée, et marron comme le reste de la maison. Le sol était recouvert d'un linoléum brun moucheté, le lit d'un couvre-pieds en chenille marron, et la fenêtre d'un store brun en toile de Hollande ; il y avait une vieille commode assez laide, et une bonnetière encore plus vieille et plus laide. Ni miroir, ni siège, ni tapis. Mais les murs s'ornaient de trois œuvres encadrées. L'une était un daguerréotype piqué et décoloré, datant à peu près de l'époque de la Guerre de Sécession américaine, montrant le premier Sir William, un vieillard incroyablement ratatiné ; la deuxième était un carré de broderie (première tentative de Missy, et fort réussie) proclamant que LE DÉMON DONNE DU TRAVAIL AUX MAINS OISIVES, et la dernière un portrait sous verre de la Reine Alexandra, grave et guindée, mais néanmoins fort belle aux yeux modestes de Missy.

L'été, cette pièce était une fournaise, car elle s'ouvrait au sud-ouest et, l'hiver, c'était une glacière, exposée de plein fouet aux vents dominants. Aucune cruauté délibérée n'avait valu à Missy l'attribution de cette chambre ; elle était simplement la plus jeune, et avait tiré la plus courte paille. Et de toute façon, il n'y avait pas à Missalonghi de chambre vraiment confortable.

Bleue de froid, elle ôta sa robe marron, son jupon de pilou, ses bas, chemise et culotte de laine, et plia le tout bien soigneusement avant de ranger les sous-vêtements dans un tiroir et de suspendre sa robe à un crochet dans la bonnetière. Seule sa robe du dimanche en lin marron bénéficiait d'un vrai cintre, car les cintres étaient précieux. La citerne de Missalonghi ne contenait que deux cent cinquante litres, ce qui faisait de l'eau la plus précieuse des denrées ; et, si les corps se lavaient quotidiennement, les trois dames se succédant dans le même fond de bain, les sous-vêtements, eux, devaient durer deux jours.

Sa chemise de nuit, en laine rêche et grise, à col montant et manches longues, descendait jusqu'à terre parce qu'elle avait appartenu à Drusilla. Mais le lit était *chaud*. Le jour du trentième anniversaire de Missy, sa mère lui avait annoncé qu'elle pourrait désormais prendre une brique chaude dans son lit quand il ferait froid, maintenant qu'elle n'était plus dans sa première jeunesse. Et ce jour-là, même si elle avait bien accueilli la nouvelle, Missy avait perdu tous ses espoirs secrets de s'établir hors des confins de Missalonghi.

Le sommeil venait vite, car elle menait une existence physiquement active, bien que stérile d'un point de vue sentimental. Mais le moment qui s'écoulait entre l'instant béni où elle se glissait entre les draps chauds et celui où elle sombrait dans l'inconscience représentait son unique période de totale liberté, et elle luttait donc pied à pied contre le sommeil.

Elle commençait par se demander de quoi elle avait l'air en vérité. Il n'y avait qu'un seul miroir dans la maison, situé dans la salle de bains, et il était interdit de s'y attarder pour se contempler. La vision qu'avait Missy d'elle-même était donc ombragée par la honte d'être restée peut-être trop longtemps à se regarder. Oh, elle savait qu'elle était grande, elle savait qu'elle était trop maigre, elle savait qu'elle avait les cheveux bruns et raides, les yeux brun-noir, le nez tristement retroussé par suite d'une chute dans sa petite enfance. Elle savait que sa bouche était un peu tombante du côté gauche, et remontait légèrement du côté droit, mais elle ne savait pas que cela rendait fascinants ses rares sourires, ni que cela lui donnait un air tragicomique un peu clownesque quand elle arborait son habituelle expression de solennité. La vie lui avait appris à se considérer comme une personne insignifiante, mais quelque chose en elle refusait de le croire entièrement, de se laisser convaincre par l'accumulation de preuves logiques. Et c'est ainsi que, chaque soir, elle se demandait à quoi elle ressemblait vraiment.

Elle rêvait de posséder un chat. Son Oncle Percival, qui tenait le magasin de confiserie-tabac et était, de loin, le plus gentil de tous les Hurlingford, lui avait offert un insolent chaton noir pour son onzième anniversaire. Mais sa mère le lui avait aussitôt enlevé pour le faire noyer, en expliquant à Missy l'indéniable vérité, à savoir qu'elles n'avaient pas les moyens de nourrir une bouche supplémentaire, fût-elle minuscule ; ce n'était pas sans compassion pour sa fille ni sans regret qu'elle avait pris cette décision, mais elle y était forcée. Missy n'avait pas protesté. Elle n'avait pas non plus pleuré dans son lit. Il semblait que le petit chat n'eût jamais été vraiment assez réel pour déclencher un chagrin désespéré. Mais après tant d'années vides, ses mains se rappelaient encore le contact de cette fourrure soyeuse, et le ronronnement de l'animal. Seules ses mains s'en souvenaient. Tout le reste d'elle-même était parvenu à l'oublier.

Elle rêvait d'être autorisée à se promener dans la vallée, de l'autre côté de Missalonghi, et c'était toujours cette rêverie qui se prolongeait sereinement en rêves qu'elle ne se rappelait jamais. Si elle portait des vêtements, ils ne l'entravaient pas, ils ne se mouillaient pas lorsqu'elle traversait des torrents, ils ne se salissaient pas quand elle longeait des rochers moussus ; et ils n'étaient jamais, jamais marron. Des oiseaux-cloches tournoyaient en pépiant autour de sa tête, des papillons aux couleurs somptueuses voletaient sous des dais de fougères géantes qui semblaient une dentelle se découpant sur le satin du ciel ; tout était serein, nulle autre âme humaine ne venait s'interposer.

Depuis quelque temps, elle songeait aussi à la mort, qui lui apparaissait de plus en plus comme un couronnement ardemment désirable. La mort était partout, elle visitait les jeunes et les moins jeunes aussi bien que les vieillards. Phtisie, attaques, croup, diphtérie, grosseurs, pneumonie, empoisonnement du sang, apoplexie, troubles cardiaques, congestion. Pourquoi aurait-elle dû, elle, en être préservée ? Le trépas n'était certes pas une perspective déplaisante ; il ne l'est jamais, pour ceux qui existent sans vraiment vivre.

Mais, cette nuit-là, elle resta éveillée au-delà de l'évocation rituelle de son propre aspect, du petit chat, des promenades dans la vallée, et de la mort, en dépit d'une extrême fatigue due à sa course éperdue jusqu'à la maison, et à ce point de côté dans son flanc gauche, qui semblait la tourmenter de plus en plus. Car Missy s'était ménagé un moment de rêverie, consacré à ce grand étranger qui s'appelait John Smith et qui, d'après Una, avait acheté sa vallée. Un vent de changement, une nouvelle force à Byron. Elle était persuadée qu'Una avait vu juste, et qu'il avait réellement l'intention de s'établir dans la vallée. Qui n'était plus à elle, désormais, mais à lui. Les yeux mi-clos, elle évoqua sa haute et robuste silhouette, avec cette délicieuse masse de cheveux roux sombre qui lui couvrait le crâne et une partie du visage, et ces deux curieux filets blancs dans sa barbe. Impossible de lui donner un âge précis, avec ce visage tanné, mais elle le situait sur le second versant de la quarantaine. Il avait les yeux couleur de l'eau passée sur des feuilles mortes, clairs comme l'eau de roche, mais couleur d'ambre. Oh, quel homme séduisant !

Et quand, pour boucler la boucle de ce pèlerinage nocturne, elle retourna marcher dans la campagne, il l'accompagna jusque dans son sommeil.

La pauvreté qui régnait sur Missalonghi avec cette inflexible cruauté était entièrement imputable au premier Sir William, qui avait engendré sept fils et neuf filles, dont la plupart avaient survécu et s'étaient à leur tour assuré une postérité. Sir William avait eu pour politique de distribuer ses biens terrestres à ses seuls fils, laissant toutefois à chacune de ses filles une maison et trois hectares de bonne terre. C'était à première vue une sage politique, qui décourageait les coureurs de dot tout en conférant aux filles le statut de propriétaires terriennes, avec la garantie d'une certaine indépendance. Ses fils avaient souscrit à ces principes sans se faire prier (puisqu'ils les enrichissaient), et par la suite leurs fils aussi. Mais à mesure que passaient les ans, les maisons données aux filles devenaient moins spacieuses, moins bien construites, et les trois hectares de bonne terre tendaient à se transformer en trois hectares de terre moins bonne.

Il en résultait, deux générations plus tard, que le clan Hurlingford se divisait en plusieurs classes ; des hommes uniformément riches, des femmes devenues riches à la suite d'un beau mariage, mais aussi des femmes qui s'étaient fait déposséder de leur terre, qui s'étaient vues dans l'obligation de la vendre pour un prix inférieur à sa vraie valeur, ou qui luttaient pour tenter de vivre de ses ressources, comme Drusilla Hurlingford Wright.

Elle avait épousé un certain Eustace Wright, l'héritier phtisique d'une grosse société comptable de Sydney, qui avait aussi de gros intérêts dans l'industrie ; à l'époque du mariage, Drusilla n'avait évidemment pas soupçonné cette phtisie, non plus qu'Eustace lui-même. Mais deux ans plus tard, à sa mort, le père d'Eustace avait choisi de laisser tous ses biens à son second fils, plutôt que d'en détourner une part au profit d'une veuve pourvue d'une petite fille maladive pour tout héritier. Et c'est ainsi qu'un mariage entamé sous d'excellents auspices s'était achevé dans la catastrophe. Le vieux Wright avait considéré que Drusilla avait sa maison, ses trois hectares, et qu'elle était issue d'une famille riche qui serait bien obligée de la reprendre sous son aile, ne fût-ce que pour préserver les apparences. Ce que le vieux Wright n'avait pas pris en considération, c'était l'indifférence absolue du clan Hurlingford pour ceux de ses membres qui étaient des femmes, seules et sans pouvoir.

Drusilla avait donc dû subvenir à ses propres besoins. Elle avait accueilli chez elle sa sœur célibataire Octavia, qui vendit sa propre maison et ses trois hectares à leur frère Herbert, afin de pouvoir participer aux frais domestiques de Drusilla. Et c'était précisément là que résidait le problème ; il était inconcevable de vendre hors de la famille, et les hommes Hurlingford en profitaient. La maigre somme qu'Herbert donna à sa sœur Octavia fut aussitôt investie par ses soins et, comme tous les investissements mis en œuvre par Herbert, ce placement ne rapporta absolument rien. Les quelques timides tentatives d'Octavia pour en savoir davantage furent d'abord écartées avec impatience puis Herbert les traita avec une indignation outragée.

Bien entendu, de même qu'il était exclu de vendre à un étranger, il était inconcevable qu'une femme du clan se déshonore en travaillant, à moins qu'on pût lui trouver un emploi bien à l'abri, au sein de la famille proche. Et c'est ainsi que Drusilla, Octavia, et Missy restaient à la maison, le manque de capital leur interdisant de consacrer leur travail à la création d'une affaire à elles, et leur absence de compétences utiles empêchant leur famille de penser à elles pour un quelconque emploi.

Tous les rêves qu'avait pu nourrir Drusilla, tous ses espoirs de voir Missy, en grandissant, arracher sa mère et sa tante à leur dénuement grâce à un mariage spectaculaire, s'étaient évanouis avant même que Missy n'ait fêté son dixième anniversaire ; elle avait toujours été insignifiante et terne. Et quand elle avait atteint vingt ans, sa mère et sa tante s'étaient résignées à mener la même existence étriquée jusqu'à la tombe. Missy hériterait à son tour la maison et les trois hectares de sa mère, mais elle n'aurait rien à elle pour étoffer sa fortune, car elle n'était une Hurlingford que par les femmes, et ne pouvait donc prétendre à aucune part.

Bien sûr, elles ne mouraient pas de faim. Elles avaient une vache de Jersey qui produisait un lait riche et crémeux, ainsi que de superbes veaux ; une génisse de Jersey qu'elles avaient gardée parce qu'elle était exceptionnelle, une demi-douzaine de moutons, trois douzaines de volailles rouges de Rhode Island, une douzaine de canards et d'oies, et deux truies blanches bien grasses qui donnaient les meilleurs porcelets de la région, car on les laissait libres au lieu de les enfermer et ils mangeaient les restes de gâteaux du salon de thé de Julia, en plus des restes de la table et du potager de Missalonghi. Le potager, royaume de Missy, produisait toute l'année : Missy avait la main verte. Il y avait aussi un modeste verger – dix pommiers de diverses variétés, un pêcher, un cerisier, un prunier, un abricotier, et quatre poiriers. Elles n'avaient point d'agrumes, car l'hiver à Byron était trop rigoureux. Elle vendait des fruits, du beurre et des œufs à Maxwell Hurlingford pour bien moins qu'elles n'auraient obtenu ailleurs, mais il eût été inconcevable de vendre leurs produits en dehors du cercle familial.

Elles ne manquaient pas de nourriture ; c'était l'argent qui faisait défaut. Empêchées de gagner leur vie, et volées par ceux-là mêmes qui auraient dû les soutenir, elles tiraient leur argent – nécessaire à l'achat de vêtements, d'ustensiles, de médicaments, ou de tôles neuves pour le toit – de la vente d'un mouton, d'un veau, ou d'une portée de porcelets, et jamais elles ne pouvaient relâcher leur éternelle vigilance financière. L'amour tendre que portaient à Missy ses deux aînées ne se révélait que d'une seule manière : elles lui laissaient gaspiller l'argent du beurre et des œufs à emprunter des livres.

Pour occuper leurs journées, les dames de Missalonghi tricotaient, brodaient, crochetaient et cousaient interminablement. Reconnaissantes pour tous les dons de laines, de fils et d'étoffes qui leur parvenaient à Noël et aux anniversaires, elles redistribuaient une part de leurs ouvrages comme cadeaux, tout le reste étant rangé dans le débarras.

Cette docile acceptation du régime et du code que leur imposaient des gens inconscients de leur solitude et de leur pauvreté n'était nullement le signe d'un manque de courage ou d'intelligence. Mais elles étaient nées bien avant les grandes guerres qui avaient entraîné la révolution industrielle, à une époque où le travail rémunéré et le confort qu'il procurait avaient été assimilés à la trahison de tous leurs principes concernant la vie, la famille, et la féminité.

Jamais sa pauvreté ne faisait davantage souffrir Drusilla que le samedi matin, quand elle se rendait à pied à Byron, et traversait la ville jusqu'au quartier résidentiel où les somptueuses demeures des Hurlingford s'étageaient sur les flancs des magnifiques collines, entre la ville et un bras de la Jamieson Valley. Elle allait prendre le thé chez sa sœur Aurelia, sans jamais oublier durant le long trajet que, naguère, pendant les fiançailles des deux jeunes filles, c'était elle, Drusilla, que l'on croyait promise à la plus exécrable destinée. Désormais, elle effectuait seule ce pèlerinage, Octavia étant trop handicapée pour parcourir les onze kilomètres, et le contraste entre Missy et Alicia, la fille d'Aurelia, lui devenait intolérable. Impossible toutefois d'envisager l'entretien d'un cheval, car les chevaux mangeaient tout, et les trois hectares de Missalonghi devaient faire l'objet d'une protection constante contre la sécheresse. Si elles ne pouvaient pas marcher, les dames de Missalonghi restaient chez elles.

Aurelia s'était également mariée hors de la famille, mais bien plus judicieusement, en fin de compte. Grâce à des talents d'administrateur qui manquaient à tous les Hurlingford, Edmund Marshall était le directeur général de l'usine de mise en bouteilles. Et Aurelia vivait donc dans un faux manoir Tudor de vingt pièces, au milieu d'un parc de huit hectares planté de prunus, de rhododendrons, d'azalées, et de cerisiers d'ornement qui produisaient une floraison féerique chaque année à la fin septembre, et pour tout un mois. Aurelia avait des domestiques, des chevaux, des voitures, et même une automobile. Ses fils Ted et Randolph apprenaient le métier avec leur père, à l'usine, et leurs débuts semblaient très prometteurs, Ted s'occupant des comptes, et Randolph des ateliers.

Aurelia avait également une fille, une fille qui était tout ce que n'était pas celle de Drusilla. Les deux cousines n'avaient en effet qu'un seul point commun : âgées l'une et l'autre de trente-trois ans, elles étaient toutes deux demoiselles. Mais alors que Missy l'était encore parce que nul n'avait songé à lui proposer de changer de statut, Alicia était restée seule pour la plus noble et la plus émouvante des raisons. Le jeune homme auquel elle avait été fiancée à dix-neuf ans avait été piétiné par un éléphant enragé quelques semaines avant la date fixée pour les noces : Alicia avait pris son temps pour se remettre de ce drame. Fils unique d'une grande famille de planteurs de thé de Ceylan, Montgomery Massey était très, très riche. Et Alicia avait porté un deuil digne de son rang.

Durant un an, elle n'avait été vêtue que de noir, puis pendant deux années s'était limitée au gris tourterelle et au mauve pâle, couleurs du demi-deuil ; ensuite, à l'âge de vingt-deux ans, elle avait marqué la fin de cette période de retrait du monde en ouvrant une boutique de chapeaux. Son père avait acheté la vieille mercerie que le temps et le magasin de vêtements de Herbert Hurlingford rendaient superflue, et Alicia avait mis son très réel talent à l'œuvre. Les conventions exigeaient que l'affaire fût au nom de sa mère, mais personne, et surtout pas sa mère, ne se faisait la moindre illusion sur l'identité de celle qui dirigeait tout. Dès son ouverture, ce magasin, baptisé *Au Chapeau d'Alicia*, connut le plus grand succès, attirant les clientes d'aussi loin que Sydney, tant les créations d'Alicia, en paille, en tulle et en soie étaient jolies et élégantes. Elle employait deux cousines sans terre et sans dot dans son atelier, et sa digne tante – une célibataire – Cornelia, pour tenir la boutique, limitant sa propre participation à la création et à l'encaissement des bénéfices.

Puis, alors que tout le monde s'était fait à l'idée qu'Alicia porterait jusqu'au tombeau le deuil de Montgomery Massey, elle avait annoncé ses fiançailles avec William Hurlingford, fils et héritier du troisième Sir William. Elle avait trente-deux ans, et le futur tout juste dix-neuf. Le mariage était fixé aux premiers jours d'octobre, lorsque la splendeur des fleurs de printemps imposerait à l'évidence une garden-party ; et la longue attente s'achèverait enfin. Car l'attente avait été longue, à cause de l'épouse du troisième Sir William, Lady Billy, qui, à l'annonce de la nouvelle, avait tenté de fouetter Alicia avec une cravache. Le troisième Sir William avait dû interdire au jeune couple de se marier avant le vingt et unième anniversaire du prétendu.

C'était donc sans la moindre joie que Drusilla Wright parcourait l'allée bien ratissée du Manoir Mon Repos et faisait retentir le heurtoir de la porte avec une vigueur mêlée d'envie et de frustration. Le maître d'hôtel vint ouvrir, déclara avec hauteur que Mme Marshall était au petit salon, et y conduisit Drusilla d'un pas imperturbable.

L'intérieur de Mon Repos était d'un goût aussi exquis que la façade et les jardins ; des lambris de bois clair importé, des tentures de velours et de soie, des brocarts, des tapis d'Axminster, des meubles anglais de la Régence, le tout parfaitement disposé pour mettre en valeur les ravissantes proportions des pièces. Point n'était besoin de peinture marron, car ce n'étaient manifestement pas l'économie et la prudence qui régnaient ici.

Les deux sœurs s'embrassèrent sur la joue, plus semblables en tout que ne l'étaient, avec l'une ou l'autre, Octavia, Julia, Cornelia, Augusta, ou même Antonia, car elles possédaient toutes deux une certaine hauteur glacée, et elles avaient le même sourire. En dépit de leurs positions sociales très différentes, elles se témoignaient mutuellement plus d'affection qu'à aucune autre ; et seul l'orgueil implacable de Drusilla empêchait Aurelia de l'aider financièrement.

Après les salutations d'usage, elles prirent place de part et d'autre d'un guéridon en marqueterie, sur des sièges de velours, et attendirent que la femme de chambre eût servi le thé, avec deux douzaines de petits fours, pour parler sérieusement.

— Non, Drusilla, la fierté est une absurdité, et je sais à quel point tu as besoin de cet argent. Peux-tu me donner une seule bonne raison, pour justifier que toutes ces jolies choses s'empilent dans ton débarras, plutôt que dans le trousseau d'Alicia ? Tu ne vas pas me dire que tu gardes tout pour le trousseau de Missy, car nous savons l'une comme l'autre que Missy a depuis longtemps renoncé aux prières ! Alicia veut t'acheter le linge de son trousseau, et je suis tout à fait d'accord, déclara fermement Aurelia.

— Je suis flattée, bien sûr, répondit Drusilla avec raideur, mais je ne peux rien te *vendre*, Aurelia. Alicia peut prendre tout ce qu'elle veut en cadeau.

— C'est ridicule ! protesta la dame du manoir. Cent livres, et tu la laisses choisir.

— Bien sûr, elle pourra choisir, mais ce sera notre cadeau.

— Cent livres ! Sinon elle devra en dépenser plusieurs fois autant chez Mark Foy's pour se fournir en linge, car je ne permettrai pas qu'elle prenne tout ce dont elle a besoin chez vous, en cadeau.

La discussion dura un certain temps, mais la pauvre Drusilla dut finir par céder, sa fierté outragée luttant pied à pied contre une secrète satisfaction, si vive cependant qu'elle l'emporta sur la fierté vaincue. Et après avoir bu trois tasses d'odorant Lapsang Souchong, accompagnées de très nombreux petits fours roses et blancs au glaçage parfait, elle et sa sœur passèrent de la gêne de leur disparité sociale au confort de leur consanguinité.

— Billy dit que c'est un ancien forçat, confia Aurelia.

— À *Byron* ? Mon Dieu, mais comment Billy a-t-il laissé faire cela ?

— Il était impuissant à l'empêcher, ma chère sœur. Tu sais aussi bien que moi que c'est un mythe de prétendre que les Hurlingford possèdent toutes les terres de Leura à Lawson. Si cet homme pouvait acheter la vallée, ce qu'il a apparemment fait, et s'il a payé sa dette envers la société, ce qu'il a apparemment fait aussi, il n'y a rien que Billy ou personne d'autre puisse tenter pour le chasser.

— Quand cela s'est-il passé ?

— La semaine dernière, d'après Billy. La vallée n'avait jamais appartenu aux Hurlingford, bien sûr. Billy croyait que c'était une terre de la Couronne – erreur qui datait du premier Sir William, semble-t-il, de sorte que jamais personne dans la famille n'a songé à vérifier le fait, hélas. Si seulement nous l'avions su, voilà bien longtemps qu'un Hurlingford l'aurait achetée. En réalité, c'est resté un domaine sous tutelle de la Magistrature pendant une éternité, et puis ce type l'a acheté aux enchères à Sydney, la semaine dernière, sans même que nous soyons informés de la vente. La vallée entière, s'il te plaît, et pour une bouchée de pain ! Billy était blême de rage !

— Comment vous en êtes-vous aperçus ?

— Le type a débarqué hier dans le magasin de Maxwell à l'heure de la fermeture – Missy s'y trouvait aussi, paraît-il.

Le visage de Drusilla s'éclaira.

— C'était donc cela !

— Oui.

— C'est Maxwell qui a découvert le pot aux roses, j'imagine ? Il extorquerait des renseignements à un sourd-muet !

— Oh oui. Toutefois le type n'avait rien d'un cachottier, il en parlait même très franchement – trop franchement, d'après Maxwell. Mais tu le connais, il trouve toujours que les gens qui parlent de leurs affaires sont des sots.

— Ce qui m'échappe, c'est pourquoi quelqu'un *d'autre* qu'un Hurlingford voudrait acheter la vallée ! Cela aurait un sens pour un Hurlingford, parce que c'est à Byron. Mais il ne pourra pas l'exploiter. Il lui faudrait des années pour débroussailler et mettre en culture, et c'est tellement humide qu'il devrait recommencer sans cesse. Il ne peut pas non plus mettre le bois en coupe, la route qui y mène est bien trop dangereuse. Alors pourquoi ?

— D'après Maxwell, il dit qu'il veut simplement vivre seul dans la brousse et écouter le silence. Avoue que si ce n'est pas un gibier de potence, c'est assurément un excentrique !

— Qu'est-ce qui fait croire à Billy que c'est un ancien forçat ?

— Maxwell a appelé Billy dès que le type a eu fini de charger sa charrette et s'en est allé. Et Billy a aussitôt commencé les recherches. L'homme se fait appeler John Smith, s'il te plaît ! (Aurelia eut un petit rire méprisant.) Franchement, je te le demande, Drusilla, pourquoi se ferait-on appeler John Smith, à moins d'avoir vraiment quelque chose à cacher ?

— Peut-être est-ce son vrai nom, suggéra Drusilla dans un esprit de justice.

— Enfin ! On lit sans arrêt des histoires de John Smith, mais en as-tu jamais *rencontré* un seul ? Billy pense que ce John Smith est un... un... comment disent les Américains ?

— Je n'en ai pas la moindre idée.

— Peu importe, nous ne sommes pas en Amérique. Un faux nom, en tout cas. Les recherches de Billy révèlent que cet homme n'est enregistré auprès d'aucune administration. Il a payé la vallée avec de l'or, et c'est tout ce qu'on peut savoir.

— C'est peut-être un chercheur d'or qui a eu de la chance, à Sofala ou à Bendigo ?

— Non. Tous les filons aurifères d'Australie sont aux mains de sociétés privées depuis des années, et Billy dit qu'il n'y a pas eu de grosses découvertes par des particuliers.

— C'est extraordinaire ! admit Drusilla en tendant la main vers l'avant-dernier petit four. Est-ce que Maxwell ou Billy ont dit autre chose ?

— Eh bien, ce John Smith a acheté une grande quantité de nourriture, et il a payé en or. Qu'il a tiré d'une grosse ceinture à porte-monnaie sous sa chemise, et il n'avait pas de maillot de corps ! Heureusement que Missy était déjà partie, car Maxwell affirme que cet individu aurait quand même relevé sa chemise devant elle ! Il a *juré* en présence de Missy, et dit des choses désobligeantes, pour insinuer qu'elle n'était pas une dame ! Et sans avoir été provoqué, je te l'assure !

— Je le crois volontiers, répondit sèchement Drusilla en prenant le dernier petit four.

Alicia Marshall entra à ce moment-là. Sa mère lui adressa un sourire rayonnant, et sa tante un petit sourire crispé. Pourquoi, mais pourquoi Missy ne pouvait-elle pas ressembler à Alicia ?

C'était une créature vraiment exquise, cette Alicia Marshall. Très grande, avec des courbes voluptueuses mais strictement disciplinées, elle était d'une blondeur angélique, et avait des mains et des pieds ravissants, ainsi qu'un cou aussi gracieux que celui d'un cygne. Comme toujours, elle était vêtue avec un goût parfait, et arborait sa robe de soie bleu glacier (jupe brodée à l'anglaise retombant élégamment en pointe) avec un chic incomparable. Un de ses chapeaux – une masse de tulle bleu glacier parsemée de roses en soie vert d'eau – surmontait l'or pâle de sa chevelure. Quel miracle que ses cils et ses sourcils fussent d'un brun aussi foncé ! Car Alicia ne proclamait évidemment pas plus qu'Una qu'elle colorait ses cils et ses sourcils.

— Ta Tante Drusilla serait ravie de te fournir ton linge de maison, Alicia, annonça Aurelia d'un air triomphal.

Alicia ôta son chapeau et se dépouilla de ses longs gants bleu glacier en peau, sans pouvoir répondre tant qu'elle se concentrait sur ces tâches essentielles. Et c'est seulement après avoir déposé ces précieux accessoires sur une table, à l'abri de tout danger, et s'être assise avec grâce, qu'elle fit entendre sa voix, décevante de platitude et dépourvue de toute musicalité.

— Comme c'est gentil à vous, ma Tante ! dit-elle.

— La gentillesse n'y entre pour rien, ma chère nièce, puisque ta mère est déterminée à me payer, répondit Drusilla avec raideur. Il vaudrait mieux que tu viennes à Missalonghi samedi prochain, dans la matinée, pour choisir ce que tu désires. Nous prendrons le thé.

— Je vous remercie, ma Tante.

— Veux-tu que je fasse apporter du thé ? proposa Aurelia à Alicia, sur un ton d'inquiétude ; elle redoutait un peu cette grande fille compétente, ambitieuse et autoritaire.

— Non, merci, Mère. En fait, je venais voir si vous aviez du nouveau, au sujet de cet intrus, comme Willie s'obstine à l'appeler.

Ses jolies lèvres se retroussèrent.

Les nouvelles furent donc répétées et rediscutées, après quoi Drusilla se leva pour prendre congé.

— Samedi prochain à Missalonghi, rappela-t-elle à ses deux parentes, et elle se laissa reconduire par le maître d'hôtel.

Pendant tout le trajet du retour, elle passa en revue dans son esprit le contenu du débarras et de diverses armoires, terrifiée à l'idée que la quantité et la variété puissent se révéler insuffisantes pour l'honnête somme de cent livres. Cent livres ! Quelle délicieuse surprise ! Il ne fallait évidemment pas les *dépenser*, mais les placer en banque où elles produiraient un minuscule intérêt, et attendre la prochaine catastrophe. Quelle catastrophe, Drusilla n'en savait rien ; mais tous les tournants de la vie dissimulaient des désastres – maladies, dommages et réparations de biens, impôts et taxes accrus, décès. La moitié de la somme serait sans doute consacrée à la réfection du toit, mais cela éviterait au moins de vendre la génisse de Jersey ; projetée dans l'avenir avec une nombreuse progéniture – bien qu'encore non conçue – à son crédit, la génisse de Jersey valait bien plus de cinquante livres pour les dames de Missalonghi. Percival Hurlingford, un brave homme doté d'une brave épouse, leur avait toujours offert à titre gratuit les services de son taureau de Jersey, et c'était d'ailleurs lui qui leur avait donné leur première vache de Jersey.

Oui, c'était une grande satisfaction ! Et peut-être qu'Alicia, en sa qualité notoire de chef de l'avant-garde, lancerait une mode parmi les jeunes Hurlingford ; peut-être que les futures épousées viendraient dorénavant acheter leurs trousseaux chez les dames de Missalonghi. Pour elles, cela pourrait représenter une forme convenable d'entreprise, alors que de simples travaux de couture n'auraient jamais pu être admis, étant donné le risque de devoir se soumettre aux caprices de tout le monde et de n'importe qui, plutôt qu'à ceux de la famille.

— Et donc, Octavia, annonça Drusilla à sa sœur infirme, ce soir-là, dans la cuisine, lorsqu'elles se retrouvèrent à leurs travaux d'aiguille tandis que Missy se plongeait dans un livre, nous ferions mieux de consacrer la semaine prochaine à rassembler tout ce que nous avons, et vérifier que nous pouvons le montrer à Aurelia et Alicia. Missy, tu vas devoir t'occuper seule de la maison, du jardin et des bêtes, et comme tu es bonne pâtissière, c'est toi qui auras la charge du thé pour samedi matin. Nous servirons des rôties à la crème et à la confiture, une génoise, quelques tuiles, et une tarte aux pommes avec des clous de girofle.

Tout cela étant réglé à la satisfaction de Drusilla, elle passa à un sujet plus savoureux : l'arrivée de John Smith. Pour une fois, la conversation intéressait Missy davantage que son livre, mais elle fit mine de continuer à lire et, en allant se coucher, elle emporta tous ces renseignements supplémentaires pour les intégrer et les relier à ce que lui avait dit Una.

Et pourquoi ne se serait-il pas vraiment appelé John Smith ? Évidemment, la véritable cause de la méfiance et de la suspicion des Hurlingford était l'achat de la vallée. Eh bien, bravo, John Smith ! Il était grand temps que quelqu'un vienne secouer un peu les Hurlingford. Elle s'endormit avec le sourire.

Les préparatifs enfiévrés qui précédèrent la visite des deux dames Marshall étaient inutiles, et les trois dames de Missalonghi s'en rendirent bien compte. Mais aucune d'elles ne regretta ce changement de rythme, qui avait toutes les vertus de la nouveauté et du dérèglement. Seule Missy, retenue à la maison, en éprouva quelque regret, dû au manque de livres ainsi qu'à la crainte qu'Una ne la soupçonne d'avoir esquivé le paiement du roman emprunté le vendredi précédent.

Les friandises confectionnées à grand-peine par Missy furent laissées intactes par les dames à qui elles étaient destinées ; Alicia « surveillait sa ligne », comme elle disait, et sa mère faisait de même en ce moment, pour avoir plus belle allure au mariage de sa fille. Cependant, les pâtisseries ne furent pas sacrifiées aux cochons, car Drusilla et Octavia les engloutirent aussitôt après. Elles adoraient toutes deux les douceurs, mais en mangeaient rarement, à cause du prix.

La quantité de linge offerte aux regards d'Aurelia et d'Alicia les stupéfia et, après une heure d'exquises hésitations quant au choix, Aurelia glissa deux cents livres, et non cent, dans la main réticente de Drusilla.

— Ne discutons pas, je t'en prie ! déclara-t-elle de sa voix la plus impérieuse. Alicia fait encore une affaire !

— Je crois, dit ensuite Drusilla à Octavia, quand les visiteuses furent parties dans la voiture conduite par un chauffeur, je crois que, maintenant, nous pouvons toutes nous offrir une robe neuve pour le mariage d'Alicia. Pour moi, du crêpe lilas avec des perles sur le corsage et des torsades de perles à la ceinture – j'ai exactement les perles qu'il faut ! Te souviens-tu de celles qu'avait achetées notre chère mère pour sa plus jolie robe de demi-deuil, juste avant de quitter ce monde ? Ce sera parfait ! Et je pense que tu pourrais acheter cette soie d'un bleu profond qui te plaisait tant, au magasin d'Herbert. Missy n'aurait qu'à rebroder des entre-deux de dentelle au cou et aux manches – ravissant ! (Drusilla s'interrompit pour réfléchir, sourcils froncés, en contemplant sa fille.) C'est plus délicat pour toi, Missy. Tu es trop brune pour les teintes pastel, et je pense qu'il va falloir…

Oh ! pas du marron, pria Missy. Je veux une robe *rouge* ! Une robe en dentelle, d'un rouge éclatant, voilà ce que je veux !

— … la faire marron, acheva Drusilla dans un soupir. Je comprends comme tu dois être déçue, mais la vérité, Missy, c'est qu'aucune couleur ne te *va* comme le brun ! En pastel, tu as l'air malade ; en noir, on dirait que tu as la jaunisse ; en bleu marine, tu es au seuil du trépas, et les couleurs d'automne te donnent l'air d'une Peau-Rouge !

Missy ne répondit rien, accablée par l'indiscutable logique de ce raisonnement, et n'imaginant pas comme sa docilité peinait Drusilla, qui aurait accueilli avec joie ne serait-ce qu'une suggestion

– bien que le rouge ne fût évidemment envisageable en aucune circonstance : c'était la couleur des cocottes et des femmes faciles, tout comme le brun était celle de la pauvreté honorable.

Cependant, rien ne pouvait assombrir bien longtemps l'humeur de Drusilla, ce soir-là, et elle retrouva vite ses esprits.

— En fait, annonça-t-elle gaiement, je pense que nous pourrions également avoir des bottines neuves. Ah, quelle allure nous aurons au mariage !

— Des souliers, déclara soudain Missy.

Drusilla prit un air neutre.

— Des *souliers* ?

— Pas des bottines, Mère, je vous en supplie ! Achetons des souliers, de jolis souliers avec des petits talons et un nœud sur le dessus.

Peut-être Drusilla aurait-elle envisagé la chose, mais le cri du cœur de Missy fut aussitôt réprimé par Octavia qui, à sa manière et bien qu'invalide, détenait une grande part de l'autorité dans cette maison.

— Alors que nous vivons à l'extrémité de Gordon Road ? s'écria-t-elle d'un ton mordant. Tu n'as plus ta tête, ma fille ! Et combien de temps crois-tu que dureraient des souliers, dans la boue et la poussière ? Ce sont des bottines qu'il nous faut, de bonnes bottines bien solides, avec de bons lacets bien solides, et de bonnes talonnettes bien solides ! Les bottines *durent* ! Les souliers ne sont pas faits pour les chemins de terre.

Et l'affaire fut close.

Dès le lundi qui suivit la visite d'Aurelia et d'Alicia Marshall, la vie avait retrouvé son rythme normal à Missalonghi, et Missy put donc reprendre le chemin de la bibliothèque de Byron. Ce n'était toutefois pas pour son seul plaisir ; elle partit armée de deux grands cabas, un à chaque main pour équilibrer la charge, et fit les achats de la semaine.

Calmée pendant tous les jours passés à la maison, la douleur au côté gauche se réveilla avec intensité. Curieusement, cela ne tourmentait Missy que lors des longues marches. Et c'était douloureux, atrocement douloureux !

Aujourd'hui, son porte-monnaie tenait compagnie à celui de sa mère, et celui de sa mère était anormalement gonflé, car Missy était chargée d'acheter le crêpe lilas, la soie bleu des mers du Sud, et le satin marron glacé, dans la boutique de vêtements et d'étoffes d'Herbert Hurlingford.

De tous les magasins de Byron, c'était celui de l'Oncle Herbert que Missy détestait le plus, car il n'employait que des jeunes gens, tous fils ou petits-fils bien entendu ; et si l'on achetait des baleines ou des culottes, il fallait subir les attentions d'un vaurien ricanant, qui trouvait sa tâche merveilleusement drôle, et multipliait les plaisanteries à l'encontre du client embarrassé. Cependant, ce genre de traitement ne s'adressait pas à n'importe qui, mais seulement à ceux qui n'avaient pas les moyens d'aller faire leurs courses à Katoomba ou même – juste ciel ! – à Sydney. C'était, en bref, un traitement réservé aux femmes Hurlingford qui n'avaient pas d'homme pour les venger. Les demoiselles et les veuves indigentes du clan constituaient le gibier.

Tout en regardant James Hurlingford descendre les pièces d'étoffe qu'elle lui avait indiquées, Missy se demanda quelle aurait été sa réaction, si elle lui avait demandé de la dentelle rouge, au lieu de satin marron glacé. Non que la boutique de vêtements eût ce genre de tissu ; les seuls rouges qu'on y trouvait étaient des soies artificielles d'un écarlate criard, pour les habitantes de Caroline Lamb Place. Avec le crêpe lilas et la soie bleu des mers du Sud, Missy acheta donc du très beau satin délustré, d'un coloris défini comme « tabac à chiquer ». S'il avait été d'une autre couleur, Missy aurait adoré ce tissu, mais comme il était marron, ç'aurait aussi bien pu être de la toile de jute. Toute sa vie, Missy avait porté des robes marron ; c'était une couleur si pratique, peu salissante, jamais à la mode ni démodée, jamais passée, jamais vulgaire ni ordinaire.

— Des robes neuves pour le mariage ? s'interrogea James avec hauteur.

— Oui, répondit Missy en se demandant comment il se débrouillait pour la mettre toujours si mal à son aise ; peut-être était-ce à cause de ses manières efféminées ?

— Voyons, gloussa James, si nous jouions un peu aux devinettes ? Le crêpe est pour la Tantine Drusie, et la soie pour la Tantine Octie. Donc, le satin – le satin *marron* – doit être pour la petite cousine Missy marron !

Elle devait avoir encore présente à l'esprit l'image de l'impossible robe rouge en dentelle, car soudain Missy vit rouge et, du tréfonds de sa mémoire, elle sortit l'unique insulte qu'elle connût.

— Oh ! occupez-vous de vos fesses, James ! s'exclama-t-elle.

Il n'aurait pas été plus stupéfait si le mannequin de bois s'était animé et l'avait embrassé, et il se mit soudain à mesurer et à couper très vite, accordant sans le faire exprès un mètre supplémentaire d'étoffe à chacune des dames, tant il avait hâte de voir partir Missy. Et le pire, c'est qu'il ne pourrait raconter l'horrible histoire à aucun de ses frères ou neveux, car ils auraient sûrement répété à l'envi les paroles de Missy, les vauriens.

La bibliothèque n'était qu'à deux pas de là et Missy, les joues encore rouges de colère, s'engouffra dans la salle en claquant la porte derrière elle.

Una leva des yeux étonnés, puis éclata de rire.

— Mon chou, vous êtes absolument superbe ! Montée sur vos grands chevaux, peut-être ?

Missy prit une profonde respiration pour retrouver son calme.

— Oh, c'est simplement mon cousin James Hurlingford ! Je lui ai dit de s'occuper de ses fesses.

— Bien fait ! Il était temps que quelqu'un le lui dise.

— Mon dieu, mon dieu, ce n'était pas très convenable de ma part, n'est-ce pas ? reprit Missy, en vérité plus surprise de son audace que choquée de ses propres paroles. Je ne sais pas ce qui m'a pris !

Le radieux visage tourné vers elle se fit soudain malicieux ; non point une malice malhonnête, mais celle d'un esprit fantaisiste, familier des fées.

— Missy Wright, il y a en vous bien des choses que vous ignorez encore. (Elle s'appuya au dossier de sa chaise en fredonnant, comme une petite fille espiègle.) Mais c'est en route, désormais, plus moyen d'arrêter !

Missy raconta alors l'histoire de la robe de dentelle rouge, elle confia son vif désir de porter autre chose que du marron, elle parla de l'échec que représentait le fait d'avoir dû admettre que seul le marron lui allait : en ce jour où elle aurait enfin pu acheter une robe d'une autre couleur, elle se voyait une fois de plus condamnée au marron. Toute fantaisie éteinte, Una l'écoutait avec compassion et, quand Missy eut fini le récit de ses malheurs, elle l'observa attentivement.

— Le rouge vous irait à ravir, dit-elle. Oh ! quel dommage ! Mais tant pis, tant pis. (Et elle changea de sujet.) Je vous ai mis un autre roman de côté – je vous promets qu'au bout de deux pages vous aurez tout oublié, même la robe rouge. C'est l'histoire d'une jeune femme terne que sa famille méprise, jusqu'au jour où elle apprend qu'une maladie de cœur va l'emporter. Il y a un garçon dont elle est éprise depuis des années, et bien entendu, il est fiancé à une autre. Elle emporte donc la lettre de son médecin chez le jeune homme, et le supplie de l'épouser plutôt que l'autre jeune fille, car il ne lui reste que six mois à vivre, et il pourra donc épouser l'autre jeune fille après. Il est un peu vaurien, mais il attend de trouver la femme qui le ramènera dans le droit chemin – sauf qu'il l'ignore, bien sûr. En tout cas, il accepte de l'épouser. Et ils vivent ensemble six mois de rêve. Il s'aperçoit que, sous des dehors ternes, elle est merveilleuse, et l'amour qu'elle lui porte le transforme complètement. Et puis, par un beau jour ensoleillé, avec des oiseaux qui chantent, elle meurt dans ses bras – j'adore les livres où les gens meurent dans les bras les uns des autres, pas vous ? – et l'ancienne fiancée vient le retrouver après les funérailles, parce qu'elle a reçu une lettre de celle qui est morte, lui expliquant pourquoi il l'avait quittée. Et l'ancienne fiancée lui dit qu'elle lui pardonne, qu'elle l'épousera dès qu'il aura terminé son deuil. Mais lui, fou de douleur, il court jusqu'au fleuve et s'y précipite en criant le nom de sa femme morte. Alors l'ancienne fiancée se jette aussi à l'eau, en criant son nom à lui. Oh, Missy ! C'est tellement triste ! J'ai pleuré pendant plusieurs jours.

— Je vais le prendre, dit aussitôt Missy

Elle paya ses dettes, ce qui lui procura immédiatement une sensation de bien-être, et elle enfouit *Le cœur troublé* dans l'un de ses cabas.

— À lundi, déclara Una en raccompagnant son amie, et elle resta sur le seuil à agiter la main jusqu'à ce que Missy eût disparu.

Pourvu qu'elle parcourût le chemin seule, les huit kilomètres qui séparaient les magasins de Missalonghi ne lui semblaient jamais bien longs. Car, tout en marchant, elle rêvait, s'imaginant dans des rôles, des situations, des personnages qui étaient bien éloignés de sa vie réelle. Jusqu'à l'arrivée d'Una à la bibliothèque, ses héroïnes avaient toujours eu les traits d'Alicia, et toutes les rêveries avaient tourné autour de boutiques de chapeaux et de robes, de salons de thé effroyablement distingués, tandis que les hommes étaient un mélange des plus remarquables spécimens de l'idéal de beauté Hurlingford : des Siegfried en bottines, chapeaux melon, et complets trois-pièces. Désormais, son imagination n'était plus limitée et, quel que fût le personnage qu'elle jouait, dans quelque aventure que ce fût, la ressemblance la plus marquée se rapportait toujours davantage au dernier roman que lui avait prêté Una qu'à la vie byronnaise.

Et c'est ainsi que, pendant la première moitié du trajet, ce lundi-là, Missy se métamorphosa en divine blonde aux yeux d'émeraude ; deux hommes étaient fous d'elle : un duc (blond et beau), et un prince indien (brun et superbe). Montant des éléphants richement caparaçonnés, trônant sur un *howda*, elle tirait des tigres sans l'aide de personne, conduisait l'armée des sujets de son époux à l'assaut des maraudeurs musulmans sans l'aide de personne, construisait des écoles et des hôpitaux et des institutions pour les jeunes mères sans l'aide de personne, tandis que les deux hommes fous d'amour restaient à l'arrière-plan dans une ombre floue, un peu comme les petits mâles de ces maîtresses araignées qui n'avaient pas accès au salon de leur épouse.

Mais à mi-chemin, à l'embranchement de Gordon Road et de l'interminable Noel Street, commençait sa vallée. Arrivée là, Missy interrompait toujours sa rêverie pour regarder autour d'elle. C'était une journée magnifique, comme peuvent l'être les jours de fin d'hiver dans les Montagnes Bleues, quand le vent prend un peu de repos. Répondant à l'attrait de la vallée, elle traversa Gordon Road et leva son visage vers le ciel en faisant palpiter ses narines pour humer la senteur envoûtante de la brousse.

Jamais personne n'avait donné de nom à la vallée, mais il était sûr que, désormais, pour les gens de Byron, ce serait la Vallée de John Smith Comparée à celles de Jamieson, de Grose, ou même de Megalong, elle n'était pas bien grande, mais remarquable en tout point ; en contrebas de la crête de mille mètres sur laquelle étaient construites Byron et les autres villes des Montagnes Bleues, elle formait un ovale parfait, qui s'étirait de l'embranchement de Gordon Road, vers l'est, jusqu'à la fracture spectaculaire de la paroi rocheuse quelque huit ou dix kilomètres plus loin, pour livrer passage à un fleuve demeuré sans nom qui rejoignait le Nepean et le Hawkesbury, dans la plaine côtière. Une impressionnante falaise de grès orange encerclait la vallée et, au pied de ce précipice de trois cents mètres, des éboulis s'étendaient en pente plus douce vers le fleuve, qui avait creusé son chemin dans le roc des millions d'années auparavant. Et la vallée, vue d'en haut, n'était qu'une immense forêt vierge luxuriante, un océan bleuté de gommiers qui soupiraient et chuchotaient sans fin.

Les matins d'hiver, un nuage blanc et étincelant recouvrait ce paysage comme une couche de lait caillé, flottant juste au ras des falaises orangées ; quand l'atmosphère s'était réchauffée au soleil, le nuage se dissipait et s'évanouissait en un instant. Il arrivait aussi qu'il s'affaisse, tâtant du doigt la cime des arbres puis les engloutissant sous une couverture spectrale. Et à la tombée du jour, les falaises prenaient une teinte plus riche, le rose, plus soutenu, virait au rouge, et l'écarlate se fondait enfin dans l'indigo mystérieux de la nuit. Mais le plus beau de tout, c'était, les rares journées où il avait neigé, quand chaque escarpement et chaque affleurement se découpaient en blanc, et qu'en se balançant les branches secouaient la poudre glacée dès qu'elle leur tombait dessus, refusant le contact d'une étreinte aussi étrangère.

Le seul chemin menant au fond de la vallée était une piste très escarpée, si étroite que deux chariots ne pouvaient s'y croiser, et qui émergeait au sommet de la falaise juste au bout de Gordon Road. Cinquante ans auparavant, quelqu'un avait tracé cette piste afin d'exploiter la forêt vierge, au-dessous des immenses cèdres et des eucalyptus, mais après la chute d'un attelage de huit bœufs, de leur conducteur, de deux bûcherons, et d'une charrette transportant un énorme tronc, l'exploitation avait cessé brutalement. Il ne manquait pas d'autres forêts, d'accès plus faciles. Et peu à peu l'on avait oublié la piste, ainsi que la vallée ; les promeneurs préféraient la vallée Jamieson au sud, plutôt que celle-ci, moins spectaculaire et dépourvue d'aménagements touristiques.

Ce maudit point de côté se manifesta au moment où Missy abordait le dernier tournant avant Missalonghi, et dix secondes plus tard la douleur lui fit l'effet d'un coup de hache. Elle vacilla, lâchant ses sacs à provisions pour porter les mains à sa poitrine et tenter d'écarter l'atroce souffrance ; puis elle aperçut la haie bien taillée de Missalonghi et courut vers la maison. À cet instant, John Smith, perdu dans ses pensées, abordait le tournant dans l'autre sens.

À dix mètres du portail qui interrompait la haie, Missy tomba de tout son long. Personne ne s'en aperçut à Missalonghi, car il était environ cinq heures, et les accords tonitruants de l'orgue de Drusilla se déversaient sur le voisinage comme une pluie suffocante de cendres volcaniques.

Mais John Smith la vit, et il accourut. Sa première pensée fut que l'étrange petite créature était tombée en faisant demi-tour pour éviter de le croiser mais, quand il s'agenouilla et la retourna sur le dos, il comprit tout de suite que la teinte grisâtre de sa peau et la sueur qui mouillait ses cheveux étaient dues à une autre cause. Il la redressa à demi et lui appuya la tête sur sa cuisse, puis s'efforça de lui frotter le dos en regrettant d'ignorer comment la forcer à respirer. Il savait qu'il ne fallait pas la laisser allongée, mais ses connaissances s'arrêtaient là. Elle leva les mains pour saisir le bras qui l'entourait délicatement, lui soutenant les épaules ; tout son corps se tendait dans son effort pour chercher un peu d'air, et elle avait les yeux tournés vers lui dans une supplication muette, implorant une aide qu'il ne pouvait lui apporter. Fasciné, il regardait passer dans ces yeux une extraordinaire succession d'horreur, d'affolement et de souffrance, et il commençait à se dire qu'elle allait mourir.

Puis, avec une surprenante rapidité, le teint grisâtre redevint rose, et les mains crispées desserrèrent leur étreinte.

— S'il vous plaît ! murmura-t-elle, haletante, en tentant de se relever.

Il fut aussitôt debout, et la souleva dans ses bras. N'ayant aucune idée de l'endroit où elle habitait, il se disait qu'il pourrait sûrement trouver de l'aide dans cette pauvre maisonnette, derrière la haie ; il franchit donc la barrière et parcourut l'allée en appelant à pleine voix, dans l'espoir de se faire entendre par-dessus le vacarme de l'orgue.

On l'entendit, en effet, car deux dames sortirent alors de la maison. Il ne les connaissait ni l'une ni l'autre, et apprécia beaucoup qu'elles ne s'affolent pas ; l'une lui désigna sans un mot la porte du vestibule, tandis que l'autre le devançait pour l'introduire au salon où il déposa son fardeau.

— Brandy, ordonna Drusilla, et elle se pencha pour desserrer les vêtements de sa fille. Celle-ci ne portait pas de corset, n'en ayant pas besoin, mais sa robe lui montait jusqu'au cou, et une étroite ceinture lui comprimait la taille.

— Avez-vous le téléphone ? demanda John Smith.

— Hélas, non.

— Alors dites-moi où je peux trouver un médecin. J'irai tout de suite.

— À l'angle des rues Byron et Noel, le Dr Neville Hurlingford, répondit Drusilla. Dites-lui que c'est Missy – c'est ma fille.

Il partit aussitôt, laissant à Drusilla et Octavia le soin d'administrer le brandy que toute bonne maison tient en réserve dans le placard à condiments, pour les cas de problème cardiaque.

Quand le Dr Neville Hurlingford arriva, quelque soixante minutes plus tard, Missy était presque rétablie. John Smith n'accompagnait pas le médecin.

— Très surprenant, déclara le Dr Hurlingford à Drusilla, dans la cuisine, alors qu'Octavia aidait Missy à se mettre au lit.

L'incident avait ébranlé Drusilla, convaincue que tout le monde bénéficiait comme elle d'une santé de fer ; les os d'Octavia étaient de si vieux amis qu'ils ne comptaient pas. En silence, elle prépara donc un grand pot de thé, et but sa tasse avec plus de plaisir que n'en éprouva le Dr Hurlingford à tremper les lèvres dans la sienne

— M. Smith vous a-t-il dit ce qui s'était passé ? demanda-t-elle.

— Je dois reconnaître, Drusilla, qu'en dépit de toutes les histoires à dormir debout qui circulent en ce moment M. Smith me fait l'effet d'un bien brave homme – et doté de bon sens. D'après lui, elle a porté les mains à sa poitrine et s'est mise à courir, comme prise de panique ; puis elle s'est effondrée. Elle était grise, en sueur, et respirait à grand-peine. La crise n'a duré que deux minutes, et Missy s'est rétablie soudainement. Les couleurs lui sont revenues, et elle ne se sentait plus oppressée. C'est à ce moment-là que M. Smith vous l'a apportée, je suppose. Je ne lui ai rien trouvé en l'examinant, mais je procéderai à un examen plus approfondi quand elle sera couchée.

— Il n'y a aucune faiblesse du cœur dans notre famille, comme vous le savez, observa Drusilla, se sentant trahie.

— Comme elle a hérité de sa famille paternelle toute sa constitution physique, Drusilla, peut-être tient-elle aussi d'eux une fragilité cardiaque. Elle n'avait jamais eu de crise comme celle-ci ?

— Pas à notre connaissance, répliqua Drusilla, vexée. Est-ce vraiment le cœur ?

— Honnêtement, je n'en sais rien. C'est possible. (Mais il semblait en douter.) Je crois que je vais aller la voir, maintenant.

Missy gisait dans son lit étroit, les yeux clos ; mais elle les rouvrit en entendant le bruit inhabituel des pas du médecin et, le regardant, parut curieusement déçue.

— Eh bien, Missy ? déclara-t-il en s'asseyant au bord du lit. Que s'est-il passé ?

Drusilla et Octavia se tenaient juste derrière lui ; il aurait bien voulu les renvoyer, certain que leur présence empêchait Missy de parler librement, mais les convenances l'interdisaient. Depuis la naissance de Missy, il ne l'avait vue que deux ou trois fois, et ne connaissait donc d'elle que le peu qu'on en savait à Byron ; elle était la seule brune de toute l'histoire des Hurlingford, et condamnée au célibat dès avant l'adolescence.

— Je ne sais pas, répondit Missy.

— Allons, vous devez bien vous rappeler quelque chose.

— Le souffle m'a manqué, et je me suis évanouie, je crois.

— Ce n'est pas ce que dit M. Smith.

— Alors M. Smith se trompe. Où est-il ? Il est ici ?

— Avez-vous ressenti une douleur ? demanda le Dr Hurlingford avec insistance et sans se donner la peine de répondre à la question de Missy.

L'atroce vision d'elle-même réduite à l'état d'infirme s'imposa à Missy ; elle devina le fardeau supplémentaire qu'elle représenterait pour les finances de la famille, la honte qu'elle en éprouverait chaque jour de son existence, clouée au lit, l'impossibilité de se promener seule, de longer sa vallée, de se rendre à Byron et à la bibliothèque – non, c'était intolérable !

— Je n'ai ressenti aucune douleur, dit-elle, obstinée.

Le Dr Hurlingford ne semblait guère la croire mais, pour un Hurlingford, il était assez intuitif, et il savait aussi à quel genre de vie serait réduite Missy, dès l'instant où serait diagnostiqué un problème cardiaque. Il s'abstint donc de questionner davantage la malheureuse fille, et se contenta d'appliquer un antique stéthoscope en forme d'entonnoir, sur son cœur, qui battait normalement, et sur ses poumons, qui étaient dégagés.

— Nous sommes lundi. Il vaudrait mieux que vous veniez me voir vendredi, suggéra-t-il en se levant.

Il tapota la tête de Missy d'un geste rassurant, puis sortit dans le couloir, où Drusilla l'avait précédé.

— Je ne lui trouve rien, dit-il. Dieu sait ce qui a pu se produire ! Quant à moi, je l'ignore. S'il arrive quelque chose d'ici à vendredi, faites-moi appeler sur-le-champ.

— Pas de médicament ?

— Ma chère Drusilla, comment pourrais-je prescrire des médicaments pour un mal aussi mystérieux ? Elle est un peu frêle, mais semble en assez bonne santé. Laissez-la en paix, qu'elle dorme, et servez-lui de bons repas.

— Doit-elle rester au lit jusqu'à vendredi ?

— Je ne le pense pas. Elle pourra se lever demain. Pourvu qu'elle ne fasse que des travaux légers, je ne vois aucun obstacle à la reprise d'une vie normale et active.

Drusilla dut se contenter de ce diagnostic. Elle raccompagna son oncle puis traversa le vestibule sur la pointe des pieds pour jeter un coup d'œil dans la chambre de Missy : elle dormait ; Drusilla battit donc en retraite jusqu'à la cuisine, où Octavia liquidait le thé préparé en l'honneur du médecin.

En vérité, Octavia paraissait bouleversée ; ses deux mains qui tenaient la tasse tremblaient.

— L'Oncle Neville ne pense pas que ce soit grave, annonça Drusilla en s'asseyant lourdement Missy doit rester couchée aujourd'hui ; elle pourra se lever demain, et vaquer à ses occupations. Mais il faudra qu'elle se contente de tâches légères d'ici à vendredi, en attendant qu'elle revoie notre oncle.

— Oh, mon dieu ! (Une grosse larme pâle roula sur la grosse joue pâle d'Octavia qui contemplait ses doigts déformés.) J'essaierai de m'occuper du jardin, Drusilla, mais je ne peux vraiment pas traire la vache !

— Je la trairai, répondit Drusilla en soupirant. Ne t'inquiète pas, chère sœur. Nous nous en sortirons.

La catastrophe ! Drusilla voyait déjà ses précieuses deux cents livres dilapidées, entre les médecins, les hôpitaux, et les traitements. Oh ! elle n'hésiterait pas une seconde à dépenser ainsi son argent ; ce qui l'attristait, c'était l'idée que cette petite fortune disparaîtrait à peine empochée. Et si le crêpe lilas, la soie bleue, et le satin tabac n'avaient pas déjà été taillés, ils auraient repris le chemin de chez Herbert dès le lendemain matin – *n'est-ce pas ?*

À l'heure du dîner, Drusilla apporta à Missy un grand bol de bouillon de bœuf à l'orge et attendit, assise à son chevet, que Missy eût avalé tout le breuvage ; mais ensuite Missy fut abandonnée à une bienheureuse solitude. Le long sommeil de la fin de l'après-midi avait été bénéfique : elle était à présent bien éveillée, et elle réfléchissait. Sur la souffrance et sa signification. Sur John Smith. Sur l'avenir. Entre la douleur et l'avenir – deux déserts affreusement mornes –, se dressait John Smith en majesté. Et abandonnant toute pensée de souffrance et d'avenir, Missy évoqua la figure de John Smith.

Quel brave homme ! Et intéressant. Avec quelle aisance il l'avait soulevée de terre et transportée jusqu'à la maison. Toutes ces connaissances indirectes, que les romans prêtés en cachette par Una lui avaient récemment permis d'acquérir, se révélèrent soudain d'un réel profit ; Missy comprit qu'elle était enfin amoureuse. Mais l'espoir n'avait point sa place dans le train de pensées tendres et souriantes que déclenchait cette découverte de l'amour. En ce monde, les Alicia pouvaient tramer des complots pour parvenir à leurs fins ; les Missy ne le pouvaient pas. Les Missy n'en savaient pas suffisamment sur les hommes, et le peu qu'elles avaient appris se limitait à des généralités. Tous les hommes étaient inaccessibles, même le gibier de potence. Tous les hommes avaient le choix. Tous les hommes détenaient un pouvoir. Tous les hommes étaient libres. Tous les hommes étaient privilégiés. Et le gibier de potence possédait sans doute tout cela en plus grande quantité qu'un homme tel que le pauvre petit Willie Hurlingford, abrité comme il l'avait été de tous les vents adverses qui auraient pu l'endurcir un peu. Mais elle ne croyait pas que John Smith fût vraiment un ancien détenu ; Una l'avait connu lorsqu'elle vivait à Sydney, et cela signifiait sans doute qu'il avait un peu fréquenté la haute société – à moins que, malgré son amitié avec le mari d'Una, il n'eût été que livreur de glace, de pain, ou de charbon !

Oh ! il avait été si gentil avec elle ! Si gentil avec quelqu'un d'insipide comme Miss Wright ! Même au plus fort de cette horrible et terrible douleur, elle avait eu conscience de sa présence, et ressenti une étrange force émanant de lui, qui, se plaisait-elle à rêver, avait chassé au loin la mort comme en se jouant.

John Smith, songeait-elle, si seulement j'étais jeune et jolie, vous n'auriez guère plus de chance de m'échapper que ce pauvre Petit Willie n'en a eu face à Alicia ! Je vous pourchasserais sans aucune honte, jusqu'à ce que je vous attrape ! Où que vous alliez, vous me trouveriez, tendant mon pied pour vous faire trébucher. Et une fois que je vous tiendrais à ma merci, je vous aimerais si fort et si bien que plus jamais vous ne voudriez me quitter.

John Smith vint en personne le lendemain prendre des nouvelles de Missy, mais Drusilla lui répondit sur le pas de la porte, sans lui permettre de voir ni d'entendre la malade. Il s'agissait là d'une visite de pure courtoisie, Drusilla le comprenait bien, aussi le remercia-t-elle avec une gentillesse mesurée, avant de le regarder s'éloigner à grands pas dans l'allée, bras ballants et sifflotant un petit air impertinent.

— Ça alors ! s'exclama Octavia en sortant du salon où elle s'était cachée derrière un rideau pour épier John Smith. Vas-tu dire à Missy qu'il est venu ?

— Pourquoi ? demanda Drusilla, étonnée.

— Oh, eh bien…

— Ma chère Octavia, on dirait que tu as lu ces affreux romans de trois sous que Missy rapporte de la bibliothèque, depuis quelque temps.

— Mon dieu, *vraiment ?*

Drusilla éclata de rire.

— Figure-toi qu'avant de découvrir avec quelle émotion elle s'efforçait de dissimuler les couvertures des livres qu'elle lisait, j'avais complètement oublié les règles que nous avions établies quant aux lectures permises. Après tout, il y a quinze ans de cela ! Et je me suis dit : Pourquoi cette pauvre petite ne lirait-elle pas des romans, si elle en a envie ? Quel plaisir a-t-elle, en comparaison de celui que me donne ma musique ?

Drusilla se retint d'ajouter qu'Octavia tirait pour sa part le plus grand plaisir de ses rhumatismes, et Octavia – qui en d'autres circonstances aurait clairement donné à entendre qu'elle était elle-même bien privée de plaisirs – Octavia, donc, eut la sagesse de laisser de côté toute la question du plaisir.

— Ne vas-tu pas lui dire qu'elle peut lire des romans ? se contenta de demander Octavia.

— Certainement pas ! En le lui disant, je la priverais d'une grande partie de son plaisir. La totale liberté de les lire ne ferait que lui donner assez de recul pour voir comme ils sont mauvais. (Drusilla fronça les sourcils.) Ce qui m'intrigue, c'est la manière dont Missy a pu convaincre Livilla de les lui laisser emprunter. Mais je ne peux pas le demander à Livilla sans faire éclater l'affaire au grand jour, et pour rien au monde je ne voudrais gâcher le plaisir de Missy. J'y vois un acte de défi, et cela permet d'espérer que Missy a finalement une certaine force de personnalité.

Octavia renifla.

— Je ne vois rien de louable dans le genre de défi qui l'oblige à devenir *sournoise !*

Un son à mi-chemin du grognement et du miaulement s'échappa des lèvres de Drusilla, mais elle se hâta de sourire, et se dirigea vers la cuisine en haussant les épaules.

Le vendredi suivant, Drusilla accompagna Missy chez le médecin. Elles partirent à pied de bon matin, chaudement vêtues – bien sûr – de brun.

La salle d'attente, sombre et renfermée, était déserte. Mme Neville Hurlingford, qui servait d'assistante à son mari, les y introduisit avec un mot gentil pour Drusilla et un regard indifférent pour Missy. Un instant plus tard, le médecin passa la tête par l'entrebâillement de la porte.

— Venez, Missy. Non, Drusilla – vous pouvez rester à discuter avec votre tante.

Missy entra, s'assit, et attendit prudemment

Il attaqua de front.

— Je ne crois pas que vous ayez simplement manqué de souffle, dit-il. Vous avez dû ressentir une douleur aussi, et je veux que vous me racontiez tout, sans omissions.

Missy lui parla de son point de côté, qui ne l'ennuyait que lors de ses longues marches, quand elle se hâtait, et qui lui avait soudain causé cette terrifiante douleur, lui coupant le souffle.

Il l'examina de nouveau, et soupira.

— Je ne vous trouve absolument rien, dit-il. Lundi dernier, aucun signe résiduel n'indiquait une faiblesse du cœur, et aujourd'hui non plus. Cependant, d'après le récit de M. Smith, vous avez bel et bien eu un genre d'attaque. Alors, par acquit de conscience, je vais vous envoyer consulter un spécialiste à Sydney. Si j'obtiens un rendez-vous à temps, vous pourriez accompagner Alicia, mardi, le jour de son voyage hebdomadaire en ville. Cela éviterait à votre mère le souci d'un déplacement.

Lisait-elle dans ses yeux de la compréhension ? Missy n'en était pas sûre, mais elle fixa quand même sur lui un regard éperdu de gratitude.

– Je vous remercie, je serai ravie d'accompagner Alicia.

En fait, ce vendredi fut un jour merveilleux, car dans l'après-midi apparut Una, venue à Missalonghi dans le tilbury de Livilla, et elle apportait une demi-douzaine de romans discrètement enveloppés de papier brun ordinaire.

– Je ne savais même pas que vous étiez malade, c'est Mme Neville Hurlingford qui me l'a dit ce matin à la bibliothèque, expliqua-t-elle en s'asseyant dans le salon des grands jours, où l'avait introduite Octavia, impressionnée par l'élégance de sa toilette et de son maintien.

Ni Drusilla ni Octavia n'offrirent aux deux jeunes femmes de converser en tête à tête, mais ce n'était certes pas dans l'intention délibérée de gâcher leur plaisir : elles étaient simplement affamées de visites, surtout quand il s'agissait d'une tête nouvelle et inconnue. Et puis si jolie ! Pas aussi belle qu'Alicia, mais – malgré toute la déloyauté d'une telle pensée, elles ne pouvaient s'empêcher de sentir qu'Una avait peut-être plus d'allure. Sa venue plaisait tout particulièrement à

Drusilla, car elle élucidait l'exaspérante question de savoir comment Missy parvenait à emprunter des romans.

— Merci pour les livres, dit Missy en souriant à son amie. Celui que j'avais rapporté lundi est usé jusqu'à la corde.

— Vous a-t-il plu ? demanda Una.

— Oh oui, beaucoup !

Et en effet : elle n'aurait pu lire à un meilleur moment l'histoire de cette femme mourant d'une faiblesse du cœur. Il est vrai que l'héroïne avait réussi à s'éteindre entre les bras de son bien-aimé, mais Missy avait, elle aussi, eu le bonheur de *presque* succomber entre les bras de son bien-aimé.

Una avait des manières parfaites. Le temps de boire une tasse de thé et de goûter quelques simples biscuits de ménage, et elle avait séduit Drusilla et Octavia. Il était humiliant de n'avoir rien de mieux à offrir, mais les compliments d'Una transformèrent les biscuits méprisés en une merveilleuse inspiration répondant aux goûts et aux désirs réels de la visiteuse.

— Oh ! je suis tellement fatiguée des gâteaux à la crème et des meringues ! s'exclama-t-elle en adressant à ses hôtesses un sourire enchanteur. Comme c'est gentil à vous, et si délicat ! Ces petits biscuits sont délicieux, et *tellement* meilleurs pour ma digestion ! La plupart des dames de Byron vous noient dans des océans de crème et de confiture, et quand on est invité, bien sûr, on ne peut pas refuser sous peine d'être grossière.

— Quelle personne charmante, déclara Drusilla après le départ d'Una.

— Exquise, approuva Octavia.

— Elle pourra revenir, promit Drusilla à Missy.

— Quand elle voudra, renchérit Octavia, qui avait confectionné les biscuits.

Le dimanche après-midi, Missy annonça qu'elle n'avait pas envie de lire, et qu'elle allait plutôt se promener dans la brousse. Et cela d'un ton si calme et décidé que sa mère en fut déconcertée.

— Te promener ? dit-elle enfin. Dans la brousse ? Certainement pas. Tu ne sais pas qui tu pourrais y rencontrer.

— Je ne rencontrerai personne, répondit patiemment Missy. Il n'y a jamais eu de rôdeur ni d'agresseur de femmes à Byron.

Octavia répliqua aussitôt :

— Comment savez-vous qu'il n'y a jamais eu de rôdeur, mademoiselle ? Si on ne les voit pas, c'est précisément grâce à nos précautions, ne l'oublie jamais ! Si quelqu'un rôde par ici, il ne trouve personne à molester parce que nous, les Hurlingford, gardons nos filles bien à l'abri, chez nous, à leur vraie place.

— Puisque ta décision semble irrévocable, je vais sans doute devoir t'accompagner, soupira Drusilla d'un ton de martyre.

Missy éclata de rire.

— Voyons, Mère ! M'accompagner, quand vous êtes plongée dans vos travaux d'aiguille ? Non, je pars seule, un point c'est tout

Elle quitta la maison sans manteau ni châle pour se protéger du vent.

Drusilla et Octavia échangèrent un regard.

— J'espère qu'elle n'a pas le cerveau atteint, suggéra douloureusement Octavia.

Drusilla partageait cette crainte, mais elle répliqua d'une voix sonore :

— Tu ne pourras plus qualifier ce défi de *sournois !*

Cependant, Missy avait franchi le portail et tourné à gauche, plutôt qu'à droite, se dirigeant vers l'endroit où Gordon Road se transformait en une piste étroite, délimitée par deux ornières peu profondes et qui s'enfonçait en serpentant dans la brousse. Un regard en arrière lui révéla que personne ne la suivait ; la laideur trapue de Missalonghi gardait porte close.

C'était une journée claire et calme, et le soleil, chaud, perçait à travers les feuillages. Ici, sur la crête, la brousse n'était pas très dense, car la terre se faisait rare, et tout ce qui poussait devait d'abord trouver une prise ingrate dans les substrats de grès. Les eucalyptus et les angophoras étaient donc petits, tordus, et les broussailles ne se développaient guère. Le printemps était arrivé ; la transition était rapide, même dans les hauteurs des Montagnes Bleues, et deux ou trois journées tièdes suffisaient à faire éclore les premiers mimosas en une nuée de minuscules boules jaunes et poudreuses.

À droite, la vallée s'étendait, se devinant derrière les arbres ; où était donc la maison de John Smith, si maison il y avait ? La visite hebdomadaire de la mère de Missy chez Tante Aurelia, la veille au matin, n'avait apporté aucune autre nouvelle de John Smith, à l'exception d'une vague rumeur, selon laquelle il aurait demandé à une entreprise de Sydney de lui construire une grande maison au pied des falaises, une maison bâtie en blocs de grès taillés sur place. Mais Missalonghi ne trouvait aucune preuve pour étayer cette rumeur ; car Missalonghi montait lourdement la garde sur l'unique route qu'auraient pu emprunter les ouvriers. Par ailleurs, Tante Aurelia avait apparemment des soucis bien plus importants que John Smith ; il semblait que la direction de la Compagnie de la Bouteille Byron eût conçu une vive inquiétude au sujet de certains mystérieux mouvements d'actions.

Missy ne s'attendait nullement à rencontrer John Smith sur les crêtes, puisqu'on était dimanche, et elle décida donc d'aller voir où menait sa route. Quand elle arriva sur le site en question, elle reconnut aussitôt la logique qui avait présidé à son choix, car un gigantesque glissement de terrain avait répandu d'énormes roches, formant une sorte de rampe depuis le sommet jusqu'au pied de la falaise et atténuant la raideur de la pente. Postée au début de la piste, elle l'apercevait tout juste, qui serpentait sur la rampe rocheuse, descente périlleuse, mais pas impossible pour une charrette comme celle que possédait John Smith.

Missy était cependant bien trop timide pour s'aventurer vers le bas, non par peur de tomber, mais par crainte de pénétrer dans le repaire de John Smith. Elle préféra donc s'engager dans la brousse qui couronnait la vallée, le long d'un étroit sentier qui semblait avoir été tracé par des animaux attirés par l'eau. Et en effet, un bruit de rivière se fit entendre, plus fort à mesure qu'elle avançait, jusqu'à recouvrir la plainte incessante et lasse que murmuraient les gommiers par temps calme. Le bruit s'amplifia encore, pour se transformer finalement en un grondement effrayant ; mais quand Missy parvint au fleuve, il ne put lui offrir l'explication d'un tel vacarme car, bien que large et profond, il coulait sans hâte entre ses berges couvertes de fougères.

Elle bifurqua à droite et suivit le cours d'eau, heureuse d'avoir enfin pénétré dans son rêve enchanté. Le soleil reflétait sur l'eau mille et mille étincelles de lumière, les fougères égrenaient de minuscules gouttelettes, des libellules déployaient leurs ailes translucides et irisées comme du vitrail, et des perroquets multicolores volaient d'arbre en arbre.

Soudain la rivière disparut. Elle tombait dans le vide, décrivant une courbe lisse et régulière. Missy recula vivement, comprenant d'où provenait le grondement. Elle était arrivée à l'entrée de la vallée, et la rivière qui l'avait creusée dans la roche y pénétrait de la seule manière possible, en torrent. Longeant prudemment le précipice sur cinq cents mètres, Missy parvint à un endroit où une énorme langue de roche s'élançait, telle une plate-forme au-dessus du vide. Et là, assise tout au bord, elle contempla avec émerveillement la chute d'eau. Elle n'en distinguait pas le bas, mais seulement le bouillonnement désordonné, ainsi qu'un arc-en-ciel sur le fond moussu de la paroi rocheuse, et une fraîcheur humide qui émanait de la cascade.

Plusieurs heures s'écoulèrent, aussi vite que l'eau. Quand le soleil délaissa ce flanc de la crête, Missy frissonna ; il était temps de regagner Missalonghi.

Et là où son chemin rejoignait la route menant dans la vallée de John Smith, Missy rencontra John Smith en personne. Il venait en charrette de Byron, et elle s'étonna de voir le véhicule chargé d'outils, de caisses, de sacs, et de matériel lourd. Il y avait donc quelque part un magasin ouvert le dimanche !

John Smith s'arrêta et sauta à terre, avec un grand sourire.

— Bonjour ! dit-il. Vous allez mieux ?

— Oui, merci.

— Je suis heureux de vous surprendre ainsi, car je commençais à me demander si vous étiez encore de ce monde. Lorsque je suis passé, votre mère m'a affirmé que oui, mais elle ne m'a pas autorisé à m'en assurer par moi-même.

— Vous êtes passé prendre de mes nouvelles ?

— Oui, mardi dernier

— Oh ! je vous en remercie !

Il haussa les sourcils, mais ne posa aucune question. Il abandonna son convoi et fit demi-tour pour marcher avec elle en direction de Missalonghi.

— Je suppose donc que vous n'aviez rien de grave ? demanda-t-il, après quelques minutes de silence.

— Je n'en sais rien, répliqua Missy, consciente de la pitié et de la compassion qu'elle éveillait chez cet homme qui, lui, était manifestement en excellente santé. Je dois aller consulter un médecin à Sydney. Un spécialiste du *cœur*, je crois.

Voyons, pourquoi fallait-il qu'elle le dise ainsi ?

— Ah bon ! dit-il, ne sachant qu'ajouter.

— Où vivez-vous exactement, monsieur Smith ? demanda-t-elle pour changer de sujet.

— Eh bien, un peu plus loin dans la direction d'où vous venez, se trouve une chute d'eau, répondit-il sans la moindre réticence, et d'un ton qui révéla à Missy qu'il avait décidé – peut-être à cause de son état maladif, ou bien parce qu'elle était si manifestement inoffensive – de la considérer comme une amie. Il y a une vieille cahute de bûcheron, tout en bas, et pour le moment c'est là que je campe. Mais je commence la construction d'une maison, un peu plus près de la chute d'eau – avec des blocs de pierre que je taille sur place. Je reviens à l'instant de Sydney, où j'étais allé chercher un moteur pour actionner une grosse scie. De manière à pouvoir tailler mes blocs beaucoup mieux et beaucoup plus vite, et aussi couper mes arbres.

Elle ferma les yeux et poussa inconsciemment un gros soupir.

— Oh ! comme je vous envie !

Il la dévisagea d'un air surpris.

— Voilà une remarque bien étrange, pour une femme !

Missy rouvrit les yeux.

— Vraiment ?

— En général, les femmes n'aiment guère être coupées du monde des boutiques, des maisons, et des autres femmes.

Il parlait d'une voix dure.

— Sans doute avez-vous raison pour la grande majorité, dit-elle songeusement, mais sur ce point je ne compte pas vraiment pour une femme, et donc je vous envie. La paix, la liberté, l'isolement – tout ce dont je rêve !

Le bout de la piste apparut, ainsi que le toit en tôle ondulée rougeâtre de Missalonghi.

— Faites-vous toujours vos achats à Sydney ? demanda-t-elle pour dire quelque chose, et elle se reprocha aussitôt d'avoir posé une question idiote, puisque c'était justement chez l'Oncle Maxwell qu'elle l'avait rencontré pour la première fois.

— Chaque fois que je le peux, oui, répondit-il, ne l'associant visiblement pas au magasin de l'Oncle Maxwell, mais c'est une longue route à travers les montagnes, avec une lourde charge, et je n'ai que cet attelage de chevaux. Néanmoins, je trouve infiniment préférable de faire mes courses à Sydney, plutôt qu'à Byron – je n'ai jamais vu un bled aussi plein de fouineurs.

Missy sourit.

— Essayez de ne pas trop leur en tenir rigueur, monsieur Smith. Non seulement vous êtes une nouveauté, mais vous leur avez volé ce qu'ils considéraient comme leur propriété exclusive, même s'ils n'y avaient jamais songé et n'en avaient jamais voulu.

Il éclata de rire, évidemment ravi qu'elle eût abordé la question.

— Ma vallée, vous voulez dire ? Ils auraient pu l'acheter, la vente n'avait rien de secret – elle a été annoncée dans les journaux de Sydney et de Katoomba. Mais ils ne sont pas aussi malins qu'ils le croient, voilà tout.

— Vous devez être heureux comme un roi, tout en bas.

— Oh oui, Miss Wright.

Et il lui sourit, porta un doigt à son vieux chapeau de brousse, fit demi-tour, et s'éloigna.

Missy parcourut le reste du chemin comme en rêve, et rentra juste à temps pour traire la vache. Ni Drusilla ni Octavia ne mentionnèrent la promenade dans la brousse – Drusilla parce qu'elle se réjouissait de cette manifestation d'indépendance plus qu'elle ne s'était inquiétée des conséquences, et Octavia parce qu'elle était convaincue que les fonctions cérébrales de Missy étaient affectées par le mal qui la rongeait.

En fait, ne voyant toujours pas revenir Missy à quatre heures, les deux dames restées à Missalonghi avaient éprouvé quelque inquiétude. Octavia estimait qu'il était grand temps d'alerter la police.

— Non, non, non ! répliqua Drusilla avec violence.

— Mais il le faut, Drusilla. Son cerveau est atteint, je le sais. Voyons, de toute son existence, quand s'est-elle comportée ainsi ?

— J'ai beaucoup réfléchi, ma chère sœur, depuis que Missy a eu sa crise, et je n'ai pas honte de dire que, quand j'ai vu M. Smith la rapporter, j'ai été prise de terreur. Penser que nous aurions pu la perdre pour quelque chose d'aussi injuste… Je n'ai jamais été aussi heureuse que lorsque l'Oncle Neville m'a dit qu'il ne redoutait rien de grave. Et j'ai commencé à me demander ce qui serait advenu de Missy, si cela avait été moi ? Octavia, nous *devons* encourager Missy à devenir indépendante vis-à-vis de nous. Ce n'est pas sa faute, si Dieu ne lui a pas accordé la beauté d'Alicia, ou ma force de caractère. Et je commence à voir qu'une vie entière au contact de cette force de caractère n'a guère été favorable à Missy. Je décide tout, et sa nature l'incite à acquiescer sans regimber.

Et voilà beaucoup trop longtemps que je décide tout à sa place. Je ne le ferai plus.

— Ridicule ! rétorqua Octavia. Cette petite n'a aucun bon sens ! Des souliers au lieu de bottines ! Des romans ! Des promenades dans la brousse ! J'estime, au contraire, que tu devrais être plus sévère à l'avenir.

Drusilla soupira.

— Quand nous étions jeunes, Octavia, nous portions des souliers. Père était un homme très bon, nous ne manquions de rien. Nous allions en voiture, nous avions tout l'argent que nous voulions pour nos frivolités. Et depuis cette époque, quels qu'aient été nos malheurs, toi et moi pouvons au moins nous rappeler le plaisir des jolies chaussures, des jolies robes, des soirées dansantes, de la joie de vivre. Alors que jamais Missy n'a porté de jolies chaussures ou de jolie robe. Je ne me le reproche pas, car ce n'est pas ma faute, mais quand j'ai songé qu'elle allait peut-être mourir – eh bien, j'ai décidé de lui donner tout ce qu'elle voudrait, pourvu que j'en aie les moyens. Les souliers, c'est malheureusement impossible, surtout si nous devons régler d'importants honoraires aux médecins. Mais si elle veut se promener dans la brousse ou lire des romans – libre à elle.

— C'est parfaitement ridicule ! Tu dois continuer comme par le passé. Missy a besoin d'autorité

Et Drusilla ne put l'en faire démordre.

Ignorant l'examen de conscience auquel se livrait sa mère, Missy décida ce soir-là de ne pas lire de roman, mais plutôt de travailler à sa dentelle

— Tante Octavia, demanda-t-elle tout en faisant voler ses doigts sur son ouvrage, souhaitez-vous mettre beaucoup de dentelle sur votre robe neuve ? Je puis facilement en faire davantage, mais il faut me dire combien.

Octavia tendit ses mains noueuses, et Missy y déposa la dentelle, laissant à sa tante le soin d'étaler chaque pièce sur ses genoux.

— Oh, Missy, que c'est beau ! s'écria Octavia, émerveillée. Drusilla, regarde !

Drusilla prit une bande de dentelle sur les genoux de sa sœur, et l'examina à la faible lumière de la lampe.

— Oui, c'est superbe. Je dois reconnaître que tu es en progrès constant, Missy.

— Ah ! répondit gravement Missy, c'est parce que j'ai enfin appris à détricoter...

Les deux dames se figèrent un instant, puis Octavia lança un coup d'œil significatif à sa sœur, en hochant légèrement la tête. Mais Drusilla refusa d'en tenir compte.

— Très bien, déclara-t-elle majestueusement.

La pensée de l'effet magnifique qu'elle produirait au mariage d'Alicia l'emporta sur l'inquiétude ; Octavia oublia la tempête qui régnait sur l'esprit de Missy.

— Y aura-t-il assez de dentelle, Drusilla ? demanda-t-elle avec anxiété.

— Eh bien, pour le projet initial, ce sera suffisant, mais j'ai une meilleure idée. J'aimerais border de la même dentelle tout l'ourlet de la jupe – c'est tellement plus *chic* ! Missy, cela t'ennuierait-il de faire ce travail supplémentaire ? Réponds-moi franchement.

Ce fut au tour de Missy de se figer ; jamais encore sa mère ne lui avait témoigné la moindre déférence, ni n'avait pris le temps de se demander si elle n'exigeait pas trop. Bien sûr ! C'était à cause de son problème cardiaque ! Quelle surprise !

— Cela ne m'ennuie pas le moins du monde, se hâta-t-elle de répondre.

Le visage d'Octavia s'illumina.

— Oh, merci ! (Puis elle fronça les sourcils.) Si seulement je pouvais t'aider à coudre, Drusilla. C'est un tel surcroît de travail pour toi.

Drusilla contempla le crêpe lilas posé sur ses genoux, et soupira.

— Ne t'inquiète pas, Octavia. Missy se charge de tout ce qui est délicat : les boutonnières, les ourlets, les incrustations… Mais je reconnais qu'il serait merveilleux d'avoir une machine à coudre.

C'était bien entendu, hors de question ; les dames de Missalonghi confectionnaient tous leurs vêtements à la dure manière d'autrefois. Drusilla coupait et cousait, tandis que Missy s'occupait des finitions. Quant à Octavia, elle ne pouvait pas tenir en main un objet aussi fin qu'une aiguille.

— Je suis navrée de penser que tu devras encore porter une robe marron, Missy, déclara Drusilla en fixant sur sa fille un regard implorant. Mais c'est un très joli tissu, et cela compensera très avantageusement, tu vas voir. Aimerais-tu y coudre quelques perles ?

— Pour gâter la ligne ? Mère, vous êtes une couturière admirable, et la coupe de la robe s'imposera sans aucun ornement, répondit Missy.

Cette nuit-là, dans son lit, Missy évoqua longuement dans l'obscurité tous les détails de l'après-midi le plus merveilleux de sa vie. Car non seulement il lui avait dit bonjour, mais encore il était descendu de sa charrette et avait choisi de faire avec elle un bout de chemin, en bavardant comme avec une amie, et non un simple membre de cette troupe irritante qui s'appelait Hurlingford. Quel charme ! Rude, mais sympathique. Et puis il ne sentait pas la sueur aigre, comme tant de messieurs Hurlingford si respectables, mais plutôt le savon de luxe ; elle avait tout de suite reconnu cette odeur car, lorsque par hasard les dames de Missalonghi recevaient un tel savon en cadeau, elles ne le gaspillaient pas sur leurs corps (l'humble marque Sunlight y suffisait bien !) mais le glissaient entre les piles de vêtements, dans les tiroirs. Et il avait peut-être les mains calleuses d'avoir beaucoup travaillé, mais elles étaient propres, même sous les ongles. Ses cheveux aussi étaient impeccables ; sans trace de graisse ni de pommade, juste l'éclat vigoureux d'un pelage de chat bien léché. Un homme fier et scrupuleux, ce John Smith.

Plus que tout, elle aimait ses yeux, d'un brun doré si lumineux, et puis si rieurs. Mais elle ne pouvait pas, ne *voulait* pas croire ces ragots l'accusant de malhonnêteté et de bassesse. Elle aurait au contraire parié sa vie sur son intégrité et sur la morale qui devait régler son existence. Elle pouvait imaginer qu'un tel homme tue, peut-être, poussé à bout, mais elle ne le voyait guère voler ou tricher.

Oh ! John Smith, comme je vous aime ! Et je vous remercie du fond du cœur d'être revenu prendre de mes nouvelles à Missalonghi.

Son mariage devait avoir lieu dans un mois, et Alicia Marshall se rapprochait chaque jour de la cérémonie qui devait, de façon exemplaire, célébrer son glorieux épanouissement ; elle comptait bien profiter au maximum des préparatifs enfiévrés de ces dernières semaines. La date avait été fixée dix-huit mois auparavant, et Alicia ne s'était pas une seule fois inquiétée du temps qu'il ferait ce jour-là, tant il était certain que le printemps – même si, dans les Montagnes Bleues, il lui arrivait parfois d'être un peu tardif ou humide, ou très venteux – s'inclinerait cette année devant la volonté d'Alicia, pour installer son atmosphère de rêve et de paradis.

— Il n'oserait guère faire autrement, confia Aurelia à Drusilla avec dans le ton une nuance qui laissait entendre que, pour une fois, la mère d'Alicia n'eût pas détesté voir contrariés les projets de sa fille.

Rendez-vous était pris pour Missy à Sydney, mais une semaine plus tard qu'on ne l'avait espéré, et ce fut une chance pour elle car, le mardi où le Dr Hurlingford avait souhaité qu'elle allât consulter le spécialiste, Alicia n'avait pas fait son voyage hebdomadaire à Sydney. C'était en effet le jeudi de cette même semaine qu'Alicia avait prévu d'enterrer sa vie de jeune fille, et les préparatifs de cette fête n'avaient laissé de place à aucune autre considération, pas même celle de sa boutique de modiste. Cette petite réception intime n'était pas le genre d'humble réunion où dominent les modestes cadeaux ménagers et les babillages de jeunes filles ; il s'agissait au contraire d'une réception solennelle, où étaient conviées les parentes d'Alicia, tous âges confondus, et où chacune aurait l'occasion de voir et d'entendre ce qu'on attendait d'elle pour le Grand Jour. Au cours de ces festivités, Alicia comptait annoncer les noms des demoiselles d'honneur qu'elle s'était choisies, et leur montrer le modèle et l'étoffe de leurs toilettes, ainsi que le plan des décorations de l'église.

Seule ombre au tableau : le père et les frères d'Alicia refusèrent, malgré son insistance, d'apporter leur concours à ces préparatifs, manifestant une impatience et une brusquerie inhabituelles.

— Oh ! pour l'amour du ciel, Alicia, va-t'en ! s'écria son père avec plus de passion qu'elle n'en avait jamais décelée chez lui. Fais donc ta fichue fête de jeune fille, vas-y, mais laisse-nous tranquilles ! Il y a des moments où les histoires de femmes sont une sacrée plaie, et nous y sommes en plein !

— Bien ! répliqua Alicia qui, offensée, fit dangereusement craquer les dentelles de son corset. Et elle alla se plaindre à sa mère.

— Je crains que nous ne devions faire preuve d'une grande circonspection en ce moment, ma chérie, répondit Aurelia d'un air préoccupé.

— Mais enfin, que se passe-t-il ?

— Je ne le sais pas vraiment, sauf qu'il s'agit plus ou moins des actions de la Compagnie de la Bouteille Byron. Il semblerait qu'elles aient tendance à disparaître.

— C'est idiot ! s'exclama Alicia. Des actions ne disparaissent pas.

— Hors de la famille ? Est-ce là ce que je voulais dire ? corrigea vaguement Aurelia. Oh ! tout cela me dépasse, je n'ai pas une tête de femme d'affaires.

— Willie ne m'en a rien dit.

— Peut-être n'est-il pas au courant, ma chérie. Il n'a pas encore été présent à la compagnie, n'est-ce pas ? Après tout, il vient à peine de terminer ses études.

Alicia écarta toute cette affaire irritante d'un grognement, et alla donner ses instructions au maître d'hôtel : puisqu'il s'agissait d'une réception exclusivement réservée aux dames, seules les femmes de chambre seraient admises dans les salons.

Drusilla vint, bien sûr, accompagnée de Missy ; quant à la pauvre Octavia, qui mourait d'envie d'y aller aussi, elle avait au dernier moment été obligée de rester en arrière, parée de sa plus belle toilette, car Aurelia avait oublié d'envoyer le tilbury promis pour conduire les dames de Missalonghi. Drusilla arborait sa robe de drap brun, satisfaite de penser qu'elle en exhiberait une autre le jour du mariage. Et Missy portait sa tenue de lin marron, avec le vieux canotier qui lui servait, depuis au moins quinze ans, dans toutes les occasions requérant un chapeau, y compris chaque dimanche à l'église. Des chapeaux neufs étaient prévus pour le mariage, même s'ils ne devaient hélas pas venir du *Chapeau d'Alicia ;* tous les éléments en avaient déjà été achetés au magasin de l'Oncle Herbert, et les dernières mises au point se feraient à Missalonghi

Alicia était superbe, en délicate robe de crêpe abricot bordé de broderies bleu lavande, avec un gros bouquet de fleurs en soie bleu lavande sur une épaule. Oh, songea Missy, comme j'aimerais porter une robe pareille, rien qu'une fois ! Je suis sûre que cette couleur abricot m'irait très bien, je le sais ! Et cette nuance de bleu aussi, il est presque mauve.

Plus de cent femmes étaient invitées. Elles s'étaient répandues dans la maison par petits groupes, repérant les visages et mettant les commérages à jour.

Puis, à quatre heures, elles allèrent s'asseoir comme des poules caquetantes dans la salle de bal, où leur fut servie une somptueuse collation, avec force petits pains à la confiture et à la crème, petits fours, sandwiches au concombre, canapés à l'asperge, éclairs, choux à la crème, et saint-honoré délicieusement poisseux. On pouvait même choisir un thé Darjeeling, Earl Grey, Lapsang Souchong ou au jasmin !

Chez les Hurlingford, les femmes étaient traditionnellement blondes, grandes, et incapables de la moindre franchise. En parcourant du regard l'assemblée et en écoutant les bavardages, Missy constata par elle-même la justesse de cette observation. C'était la première fois de sa vie qu'elle était conviée à une telle réception, et sans doute uniquement parce qu'il eût été grossier de ne pas l'inviter, quand tant d'autres femmes de parenté moins directe devaient être là. Le dimanche à l'église, l'effrayante concentration de dames Hurlingford était en quelque sorte atténuée par la présence d'un nombre sensiblement égal de messieurs Hurlingford. Mais ici, dans le grand salon de Tante Aurelia, l'espèce non diluée produisait un effet saisissant.

L'air s'alourdissait de participes strictement accordés, de liaisons recherchées, et de nombreuses autres friandises verbales tombées en désuétude depuis une cinquantaine d'années. Sous les ors gracieux du toit d'Aurelia, nul n'osait plus dire « on a pas », « on peut pas », ou « on veut pas ». Et puis, Missy observa qu'elle était la seule brune de toute l'assistance. Oh, il y avait bien quelques museaux équivoques ici et là (les cheveux gris ou blancs ne ressortaient guère), mais sa chevelure de jais se remarquait comme un boulet de charbon sur un champ de neige ; elle comprenait parfaitement pourquoi sa mère lui avait conseillé de garder son chapeau jusqu'au bout. Même quand ils se mariaient hors de la famille, les Hurlingford cherchaient des partenaires blonds. Et le père de Missy avait d'ailleurs été très blond, mais son grand-père, d'après Drusilla, était brun comme un métèque – ce terme étant alors accepté par les conventions.

— Mes chères Augusta et Antonia, c'est le Saxon qui revit en nous, disait en minaudant Drusilla à celles de ses sœurs qu'elle voyait le moins.

Aurelia se consacrait presque exclusivement à Lady Billy, qui ne s'était laissé amputer de son cheval pour l'après-midi qu'avec force protestations. Et Lady Billy avait le visage figé dans une torpeur encéphalique, car elle n'avait pas de filles et n'éprouvait aucun intérêt pour les femmes. En masse, elles l'effrayaient et la troublaient, et le plus grand chagrin de sa vie avait été l'acquisition d'Alicia Marshall comme future bru. Insensible au fait qu'elle menait un combat solitaire, Lady Billy s'était violemment opposée aux fiançailles du Petit Willie avec sa cousine éloignée, proclamant que jamais ils ne pourraient faire équipe dans un attelage, et qu'ils produiraient une souche médiocre. Cependant, Sir William (qu'on appelait Billy) la traitait sans ménagements, comme il faisait avec tout le monde ; il avait pour sa part toujours eu un faible pour Alicia et se réjouissait à l'idée de voir chaque soir à sa table la tête blonde et le joli visage d'Alicia. Car il était prévu que le jeune couple résiderait à Hurlingford Lodge avec Sir William et Lady Billy, tout au moins pour quelques mois. Le cadeau de noces de Sir William était une fort bonne terre, sur une étendue de cinq hectares, mais la maison qui s'y construisait était loin d'être achevée.

Abandonnée à elle-même, Missy chercha des yeux Una. Elle trouva Tante Livilla, mais pas Una. Curieux !

— Je ne vois pas Una, dit Missy à Alicia, profitant d'un instant où la ravissante créature passait à proximité, avec un sourire merveilleusement condescendant.

— Qui ? demanda Alicia, s'immobilisant.

— Una – la cousine de Tante Livilla – elle travaille à la bibliothèque.

— Petite sotte, il n'y a pas de Hurlingford de ce nom à Byron, répondit Alicia, dont on n'avait jamais entendu dire qu'elle eût ouvert un seul livre. Et elle repartit étendre sa glorieuse présence à la surface de la fête, aussi finement que la couche de confiture qui, en pension, recouvre le pudding. Et c'est alors que Missy comprit. Bien sûr ! Una était *divorcée !* Péché inimaginable ! Tante Livilla avait pu se laisser émouvoir au point de fournir un toit à sa cousine, mais jamais ses instincts humanitaires ne se seraient distendus au point de permettre à cette cousine – cette cousine *divorcée* – d'entrer dans la société byronnaise. Il semblait donc que Tante Livilla eût décidé de ne rien dire du tout concernant Una. En y songeant, Una avait d'ailleurs été l'unique source de renseignements de Missy ; dans les rares occasions, depuis l'arrivée d'Una, où Missy avait trouvé Tante Livilla à la bibliothèque, jamais Tante Livilla n'avait mentionné le nom d'Una, et Missy, qui redoutait Tante Livilla, ne l'avait jamais mentionné non plus.

Drusilla approcha d'un air affairé, remorquant sa sœur Cornelia.

— Ah ! n'est-ce point magnifique ? s'exclama-t-elle dans la langue la plus châtiée.

— Tout à fait magnifique, répondit Missy en se poussant un peu sur le canapé qu'elle avait découvert derrière un grand bouquet de palmiers en pot.

Drusilla et Cornelia prirent place à côté d'elle, repues d'un spécimen au moins de chaque friandise servie au buffet.

— C'est si gentil ! Si délicat ! Cette chère Alicia ! gloussait Cornelia, qui considérait comme un grand privilège de pouvoir travailler pour trois sous comme vendeuse au magasin d'Alicia, sans se douter du cynisme avec lequel celle-ci tablait sur sa gratitude et sa dévotion. Jusqu'à l'ouverture de *Au Chapeau d'Alicia*, Cornelia avait travaillé pour son frère Herbert dans l'atelier de retouches, de sorte qu'il restait du champ pour ses illusions ; Herbert était si avare qu'Alicia, par comparaison, semblait d'une grande munificence. De la même manière qu'Octavia, et avec les mêmes résultats, Cornelia avait vendu sa maison et ses trois hectares à Herbert, sauf que, dans son cas, c'était pour aider sa sœur Julia à racheter son salon de thé à Herbert.

— Chut ! souffla Drusilla. Alicia va parler.

Et Alicia parla, les joues resplendissantes et les yeux scintillants comme des aigues-marines décolorées. Les noms des dix demoiselles d'honneur furent annoncés, et acclamés à cor et à cri ; la première demoiselle s'évanouit sur-le-champ, trop émue par l'honneur qui lui était ainsi fait, et il fallut la ranimer avec des sels. D'après Alicia, les robes de ses demoiselles d'honneur devaient, par paires, être de cinq nuances de rose, du plus pâle au plus profond, de telle manière que, en s'avançant vers l'autel, la mariée, tout de blanc vêtue, fût suivie de chaque côté par cinq demoiselles en rose dégradé, le plus pâle auprès d'elle, et le plus vif à l'autre extrémité.

— Nous sommes toutes plus ou moins de la même taille, très blondes, et de la même stature, expliqua Alicia. Je pense que l'effet sera superbe.

— N'est-ce pas une idée lumineuse ? chuchota Cornelia, toute au privilège d'assister à l'organisation préalable de la cérémonie. La traîne d'Alicia sera en dentelle d'Alençon, six mètres de long, et taillée en plein cercle.

— Magnifique, soupira Drusilla, au souvenir de sa propre traîne, à son mariage, qui avait été en dentelle aussi, et plus longue. Mais elle préféra n'en rien dire.

— Je remarque qu'Alicia a fait son choix parmi les vierges uniquement, observa Missy, que son point de côté tourmentait depuis la marche de onze kilomètres, et qui maintenant s'aggravait. Impossible de quitter la pièce, mais elle ne pouvait plus rester muette et immobile ; pour tenter d'oublier la douleur, elle parlait : Très délicat de sa part, mais moi *aussi* je suis vierge, et je n'ai pas été choisie.

— Chut, dit Drusilla.

— Ma chère petite Missy, tu es trop petite et trop brune, murmura Cornelia, navrée pour sa nièce

— Je mesure un mètre soixante-sept sans chaussures, répliqua Missy sans faire le moindre effort pour baisser la voix. On ne peut appeler cela *petit* que chez des Hurlingford !

— Chut ! dit Drusilla une nouvelle fois.

Pendant ce temps, Alicia était passée à la question des fleurs, et informait l'assistance pâmée que chaque bouquet se composerait de douze orchidées roses, livrées en caisses réfrigérées par le train de Brisbane

— Des orchidées ! s'exclama Missy Quel étalage vulgaire !

— Chut ! souffla Drusilla, désespérée.

Au même instant, Alicia, ayant terminé son numéro, se tut.

— On s'étonne qu'elle soit contente de tout déballer à l'avance, lança Missy à la cantonade, mais elle se dit sans doute que, sinon, la moitié des détails dont elle est si fière passeraient inaperçus.

Alicia s'élança vers elles, riant, rayonnant, l'esprit plein de lumières, et les mains pleines d'échantillons d'étoffes et de croquis de robes.

— Dommage que tu sois si brune et si courte, Missy, déclara-t-elle gracieusement. J'aurais aimé t'inviter aussi, mais tu vois bien que tu ne serais pas dans le ton, comme demoiselle d'honneur.

— Eh bien, pour ma part, je regrette bien que *tu* ne sois pas brune et courte, répondit Missy avec la même grâce. Si toutes celles qui t'entourent sont de la même taille et ont la même couleur de cheveux, avec ces gradations de rose, tu vas te confondre avec la tapisserie.

Alicia fut suffoquée. Drusilla fut suffoquée. Cornelia fut suffoquée.

Missy se leva tranquillement, et s'efforça de lisser les plis de sa jupe de lin marron.

— Je crois que je vais m'en aller, maintenant, reprit-elle gaiement. Charmante réception, Alicia, mais totalement dépourvue de distinction. Pourquoi faut-il que tout le monde serve toujours les mêmes plats sempiternels ? J'aurais préféré un bon sandwich à l'œuf et au curry, pour changer.

Elle s'était esquivée avant que son auditoire eût retrouvé ses esprits. Drusilla dut alors dissimuler un sourire, et faire la sourde oreille à Alicia, qui exigeait qu'on ramène Missy pour l'obliger à présenter des excuses. Bien fait pour Alicia ! Pourquoi n'avait-elle pas pu être gentille, pour une fois, et inclure la pauvre Missy dans son groupe de demoiselles d'honneur, au risque d'en ternir la parfaite harmonie ? C'était effarant ! Missy avait vu juste : Alicia allait effectivement disparaître dans la tapisserie, ou plus exactement dans les nœuds, les bouquets et les draperies roses et blanches dont elle comptait parer l'église.

À peine avait-elle franchi la porte de la maison que l'atroce douleur et la sensation d'étouffement assaillirent de nouveau Missy. Décidant de mourir dans la dignité et la solitude, elle quitta l'allée de gravier pour contourner rapidement la maison. Évidemment, les principes paysagistes d'Aurelia Marshall excluaient tout bosquet, même symbolique, et il y avait donc fort peu d'endroits où Missy pût se cacher des regards. Elle remarqua néanmoins un gros massif de rhododendrons sous une fenêtre du rez-de-chaussée, et elle alla s'y blottir en rampant, à demi étendue contre le mur de briques rouges, derrière le massif. La souffrance était intolérable, mais il fallait la supporter. Missy ferma les yeux, et s'interdit de mourir ailleurs que dans les bras de John Smith, comme la jeune fille du *Cœur troublé*.

Quel endroit sinistre pour se raidir et s'évanouir dans la mort : les rhododendrons de Tante Aurelia !

Elle ne mourut pas. Après un long moment, la douleur s'atténua et Missy commença de bouger. Elle entendait des voix assez proches et, comme, après la taille de printemps, les arbustes étaient encore nus, elle ne voulait pas risquer d'être trouvée là par ces gens si, en bavardant, ils passaient le coin de la maison. Elle s'agenouilla, se releva, et se rendit compte que les voix venaient de la fenêtre, juste au-dessus d'elle.

— Avez-vous jamais rien vu d'aussi hideux que ce chapeau ? lança une voix que Missy reconnut pour celle de Lavinia, la plus jeune fille de

Tante Augusta ; bien sûr, Lavinia était demoiselle d'honneur.

— Et puis je l'ai vraiment trop vu, renchérit la voix dure et plate d'Alicia. Tous les dimanches à l'église, pour être précise. Mais je crois cependant que la personne plantée dessous est infiniment plus hideuse.

— Elle est tellement terne ! ajouta une troisième voix, appartenant à Marcia, fille de Tante Antonia et première demoiselle d'honneur. Franchement, Alicia, tu accordes bien trop d'importance à cette demoiselle Missy Wright en disant qu'elle est hideuse. Insignifiante serait plus juste. Mais je t'accorde que le chapeau, lui, est hideux.

— Tu as raison, admit Alicia, encore tourmentée par la réflexion de sa cousine, affirmant qu'elle se confondrait avec la tapisserie.

Missy avait tort, bien sûr ! Mais Alicia savait que plus jamais la splendeur de son mariage ne lui apparaîtrait aussi parfaite ; Missy avait planté son aiguillon avec une justesse plus terrible encore qu'elle ne l'avait cru.

— Sommes-nous vraiment obligées de nous intéresser à Missy Wright ? demanda Portia, une cousine plus éloignée.

— Dans la mesure où sa mère est la sœur préférée de la mienne, répondit Alicia d'une voix vibrante, j'y suis hélas obligée. Pourquoi Maman s'obstine-t-elle à s'attendrir ainsi sur Tante Drusie, je l'ignore, et j'ai renoncé à l'espoir de l'en guérir. Oh ! je reconnais que la charité de Maman est louable, mais je peux vous dire que je fais tout mon possible pour ne pas être à la maison le samedi matin, quand Tante Drusie vient s'empiffrer de gâteaux chez nous. Dieu, qu'elle peut manger ! Maman fait faire deux douzaines de petits fours par la cuisinière, et quand Tante Drusie s'en va enfin, tous les petits fours ont disparu, jusqu'au dernier. (Alicia ponctua sa phrase d'un petit rire crispé.) C'est devenu une plaisanterie rituelle à la maison, même parmi les domestiques.

— Elles sont affreusement pauvres, non ? demanda Lavinia, qui ayant été bonne en histoire, à l'école, ne put s'empêcher d'exhiber sa supériorité en ajoutant : Je n'ai jamais compris pourquoi la populace française avait guillotiné Marie-Antoinette, simplement parce qu'elle disait que, s'ils n'avaient pas de pain, ils n'avaient qu'à manger de la brioche. Il me semble que n'importe quel miséreux doit adorer manger des gâteaux quand l'occasion s'en présente – il n'y a qu'à voir Tante Drusie !

— Pauvres, dit Alicia, elles le sont ! Et je crains bien qu'elles ne le restent, avec Missy comme seul espoir !

Ces paroles suscitèrent un éclat de rire général.

— Dommage qu'on ne puisse pas condamner les gens comme on condamne des maisons, reprit une autre voix, celle d'une lointaine cousine, du nom de Junia ; la déception de n'avoir pas été choisie comme demoiselle d'honneur avait concentré tout son venin naturel en une ou deux gouttes mortelles.

– À notre époque, Junia, nous sommes trop bons pour cela, répondit Alicia. Et nous devons donc continuer à supporter toutes les Tante Drusie et Tante Octie et Cousine Missy et Tante Julie et Tante Cornie et toute la horde des veuves et des vieilles filles. Regardez mon mariage, par exemple. Elles vont me le gâcher ! Mais Maman a raison de dire qu'il faut les inviter, et elles vont évidemment arriver les premières pour repartir en dernier. N'avez-vous jamais remarqué comme les boutons poussent toujours quand cela vous ennuie le plus ? Enfin, Maman a eu un trait de génie qui nous épargnera le spectacle hideux de toutes ces robes marron ! Elle a acheté mon trousseau à Tante Drusie pour deux cents livres. Et je dois avouer qu'elles font des choses extraordinaires de finesse, Dieu merci, l'argent de Maman n'a pas été perdu. Des taies d'oreillers brodées, fermées par des petits boutons ornés chacun d'un minuscule bouton de rose brodé ! Magnifique ! Quoi qu'il en soit, la tactique de Maman a marché, car l'Oncle Herbert nous a appris que Missy était allée lui acheter trois coupes de tissu – lilas pour Tante

Drusie, bleu pour Tante Octie, et devinez quelle couleur pour la Cousine Missy ?

— *Marron*, crièrent toutes les voix en chœur, et elles éclatèrent de rire.

— J'ai une idée ! cria Lavinia quand l'allégresse se fut un peu calmée. Pourquoi ne pas donner une de tes vieilles robes à Missy, d'une couleur qui lui aille ?

— Plutôt mourir, répliqua Alicia d'un ton méprisant. Tu imagines l'une de mes jolies robes sur cette laideur qui a l'air d'une métèque ? Puisque tu y tiens, Lavinia, donne-lui donc l'une des tiennes !

— Figure-toi que je ne suis pas dans la même situation financière que toi, Alicia, répliqua sèchement Lavinia. Voilà pourquoi ! Mais réfléchis-y, puisque son aspect te chagrine tant. Tu portes beaucoup d'ambre, de vieil or, et d'abricot. Je suis certaine que, dans cette gamme, n'importe quoi irait à Missy.

Missy parvint alors à sortir, à quatre pattes, de derrière les rhododendrons, et à gagner l'allée. Une fois hors de vue de la fenêtre, elle se releva et se mit à courir. Les larmes coulaient sur ses joues, mais elle n'allait pas perdre un seul instant à s'arrêter pour les essuyer, trop en colère et humiliée pour se soucier qu'on la vît.

Elle n'avait jamais imaginé qu'on pût tenir sur son compte des propos blessants, car des milliers de fois elle avait passé en revue dans son esprit toutes les choses, relevant de la pitié aussi bien que du mépris, qu'on pouvait dire sur elle. Cela ne lui faisait d'ailleurs ni chaud ni froid. Ce qui l'atteignait de plein fouet, c'étaient les horreurs qu'avaient proférées Alicia et ses amies sur sa mère et sur toutes ces pauvres tantes célibataires, si dignes et si honorables, qui se tuaient à la tâche et avaient tant de gratitude pour la moindre attention, et demeuraient si fières que jamais elles n'auraient accepté le moindre don qu'on pût soupçonner d'être dicté par la charité. Comment Alicia osait-elle parler si méchamment, si ignoblement, de ces femmes admirables ! Si seulement Alicia pouvait se trouver, à son tour, dans les mêmes conditions de misère, comment s'en tirerait-elle !

Comme elle traversait Byron en se hâtant malgré la douleur qui lui brûlait à nouveau le côté, Missy se surprit à prier pour que la bibliothèque soit ouverte, car Una aurait fort à faire. Oh ! comme elle avait besoin d'Una, ce soir ! Mais l'obscurité régnait dans la boutique, et une pancarte annonçait simplement FERMÉ.

Octavia était installée dans la cuisine ; elle avait remis ses vêtements ordinaires, et leur humble dîner mijotait sur le fourneau. Du ragoût. Ses mains déformées s'affairaient à tricoter, produisant miraculeusement le châle le plus délicat, le plus arachnéen, qu'on pût imaginer, pour l'offrir en cadeau de mariage à l'ingrate Alicia.

— Ah, dit-elle en posant son ouvrage, quand Missy apparut. T'es-tu bien divertie, ma chérie ? Ta mère est-elle rentrée avec toi ?

— Je me suis horriblement ennuyée, et je suis revenue avant Maman, répondit brièvement Missy, puis elle s'empara du seau à lait et s'esquiva.

La vache attendait d'être ramenée à l'étable, Missy caressa le museau noir et doux, et plongea son regard dans les gros yeux bruns.

— Tu sais, Bouton d'Or, tu es *tellement* plus gentille qu'Alicia que je ne comprends pas pourquoi traiter une femme de vache est une insulte impardonnable. À partir de maintenant, les femmes qu'on qualifie de vaches, je les appellerai des Alicia, lui confia Missy en la menant à l'étable ; la bête alla de son plein gré s'installer dans le box où Missy devait la traire. Bouton d'Or était une vache très facile, qui ne bougeait jamais, ni ne se plaignait quand Missy avait les mains froides, ce qui arrivait souvent. Et c'était pour cela, bien sûr, que son lait était si bon ; les gentilles vaches donnent toujours du bon lait.

Drusilla était rentrée quand Missy regagna la maison. Après la traite, on versait la plus grande partie du lait dans les récipients plats qui se trouvaient en permanence du côté ombragé de la véranda, et c'est en effectuant cette opération que Missy entendit sa mère raconter avec enthousiasme tous les détails de la réception d'Alicia.

— Oh, je suis bien contente que l'une de vous deux, au moins, se soit amusée, dit Octavia. Tout ce que j'ai pu tirer de Missy, c'est qu'elle s'est ennuyée. Le problème, c'est qu'elle n'a pas d'amies.

— Très juste, et nul ne le déplore plus que moi. Mais la mort de ce cher Eustace a empêché Missy d'avoir des frères et des sœurs, et nous vivons si loin de Byron – et du mauvais côté, en plus – que jamais personne n'a envie de nous rendre visite.

Missy s'attendait à entendre divulguer ses fautes, mais sa mère n'y fit aucune allusion. Reprenant courage, elle rentra. Depuis qu'avaient commencé ses problèmes cardiaques, elle s'affirmait plus facilement, et Drusilla semblait accepter volontiers ces signes d'indépendance. Mais en vérité, ce n'étaient pas les problèmes cardiaques qui avaient entraîné ce changement : c'était Una. Oui, tout datait de l'arrivée d'Una ; la droiture d'Una, la franchise d'Una, le refus d'Una de se laisser marcher sur les pieds. Una aurait dit à un imbécile prétentieux comme James Hurlingford de s'occuper de ses fesses, Una aurait laissé à Alicia un souvenir cuisant, si celle-ci lui avait manifesté de la condescendance : Una faisait toujours en sorte que les gens la traitent avec respect. Aussi surprenant que cela pût paraître, cette attitude avait déteint sur son élève Missy Wright.

À l'entrée de Missy, Drusilla, rayonnante, se leva d'un bond.

— Missy ! Tu ne devineras jamais ! s'écria-t-elle, et elle ramassa une grosse boîte qu'elle avait posée par terre, à côté de sa chaise. Au moment où je partais, Alicia est venue me donner cette robe pour toi, pour que tu la portes à son mariage. Elle m'a assuré que la couleur t'irait à ravir, mais j'avoue que je n'y aurais moi-même jamais songé. Regarde !

Missy se figea tandis que sa mère fouillait dans la boîte et en tirait un paquet d'organdi raide et froissé, qu'elle s'efforça de lisser pour l'offrir à l'inspection de Missy. Une superbe robe couleur caramel pâle, pas vraiment jaune, ni or, ni ambre. Les gens avertis auraient tout de suite vu que la jupe et l'encolure à volants dataient d'au moins cinq ou six ans, mais c'était malgré tout une robe ravissante et, avec d'importantes retouches, elle irait à Missy comme un gant.

— Et le chapeau ! Regarde seulement le chapeau ! cria Drusilla, saisissant une énorme roue de paille caramel au fond de la boîte, et s'affairant à tripoter les tas d'organdi assorti pour les mettre en place. As-tu déjà vu un chapeau plus joli ? Oh, ma petite Missy, tu auras des souliers, tant pis si c'est une folie !

Missy sortit enfin de son état pétrifié ; elle s'avança, bras tendus pour recevoir les bontés d'Alicia, et sa mère y déposa aussitôt la robe et le chapeau.

— Je porterai ma robe neuve en satin marron, mon chapeau fabriqué à la maison, et de bonnes bottines solides, dit Missy entre ses dents, et elle sortit par la porte de service, avec les masses d'organdi qui tournoyaient autour d'elle comme les nageoires des bêches-de-mer.

Il ne faisait pas encore tout à fait nuit ; alors qu'elle courait vers l'étable, Missy entendait derrière elle sa mère et sa tante qui criaient mais, quand elles la rattrapèrent, il était trop tard. La robe et le chapeau avaient été piétinés dans la boue de l'étable, et Missy, une pelle à la main, s'affairait à accumuler toute la bouse qu'elle pouvait trouver sur le royal cadeau d'Alicia.

Drusilla était atrocement blessée.

— Comment peux-tu faire une chose pareille ? Oh ! Missy, comment… Pour une fois que tu avais l'occasion de te sentir magnifique !

Missy posa la pelle contre le mur et se frotta les mains d'un air ravi.

— Vous, plus que toute autre, devriez comprendre, Mère, dit-elle. Personne n'a sa fierté plus à fleur de peau, personne aussi facilement que vous n'interprète le geste le mieux intentionné comme une charité déguisée ! Pourquoi me refusez-vous ma part de fierté ? Auriez-vous accepté ce cadeau pour vous-même ? Alors, pourquoi l'accepter pour moi ? Croyez-vous sincèrement qu'Alicia m'ait offert cette robe pour m'être agréable ? Bien sûr que non ! Elle a décidé que son mariage serait parfait, jusqu'au moindre invité, et moi – moi, j'ai tout gâché ! Alors elle a eu l'idée de transformer le sac de son Missy Wright en blanche farine ! Eh bien, merci beaucoup, mais je préfère rester le sac de son que je suis, dans toute sa banalité naturelle, plutôt qu'être transformée en blanche farine sous la férule d'Alicia ! Et je vais le lui dire !

Et elle alla en effet le lui dire, dès le lendemain. Drusilla avait bien fouillé la pénombre, armée d'une lampe au plus profond de la nuit, mais la robe et le chapeau avaient disparu de leur ignoble sépulture, et jamais elle ne les revit, non plus qu'elle ne découvrit ce qu'il en était advenu, car, de ceux qui le surent, nul ne pensa à le lui dire, tant les autres événements qui, en ce mémorable vendredi matin, se déroulèrent chez les Marshall, furent marquants.

Missy arriva à Mon Repos vers dix heures du matin, encombrée d'un énorme paquet excessivement bien emballé, qu'elle tenait allégrement par la ficelle.

Si le maître d'hôtel avait eu la moindre idée de la consternation qui régnait déjà au petit salon, il est probable que Missy n'aurait pas pu passer le seuil mais, heureusement, le maître d'hôtel ne soupçonnait rien et il put donc, lui aussi, contribuer à l'atmosphère générale de désastre.

Le petit salon, qui n'était pas si petit, était rempli de gens volumineux quand Missy s'y faufila, avec son gros paquet. Tante Aurelia était là, ainsi que l'Oncle Edmund, Alicia, Ted, Randolph, le troisième Sir William, et son fils unique et héritier, le Petit Willie ; Lady Billy s'était fait excuser, car elle aidait une jument à mettre bas.

– Je ne comprends pas ! disait Edmund Marshall, tandis que Missy adressait au maître d'hôtel un sourire, indiquant qu'elle s'annoncerait elle-même dès qu'elle en verrait la nécessité. Je ne comprends vraiment pas ! Comment tant d'actions ont-elles pu nous échapper ? *Comment ?* Qui diable les a vendues, et qui diable les a achetées ?

— D'après les informations qu'ont pu obtenir mes agents, répondit le troisième Sir William, toutes les actions appartenant à des personnes apparentées aux Hurlingford ont été rachetées pour plusieurs fois leur valeur, et le mystérieux acquéreur a ensuite entrepris des manœuvres pour se procurer des actions détenues par d'authentiques Hurlingford. Quand, comment, ou pourquoi, je l'ignore, mais il est parvenu à retrouver tous les Hurlingford qui avaient besoin d'argent, et tous les Hurlingford qui n'étaient pas liés à Byron, et il leur a fait des offres que personne ne pourrait refuser.

— C'est ridicule ! s'écria Ted. Avec l'argent qu'il a déjà dépensé, il est impossible qu'il puisse un jour rentrer dans ses frais. Car enfin, la Compagnie de la Bouteille Byron est une excellente petite affaire, mais ce n'est pas un filon d'or, ni l'elixir de longue vie ! Et pourtant, les sommes qu'il a versées sont celles qu'un spéculateur accepterait de payer s'il était sûr que le sol soit en or massif.

— Je suis tout à fait d'accord, dit Sir William, mais je ne peux rien répondre à cela, car je n'en sais rien du tout.

— Sommes-nous réduits à la minorité des parts, Oncle Billy, est-ce là ce que vous voulez dire ?

demanda Alicia, qui connaissait parfaitement les pratiques et la terminologie du monde des affaires – et possédait elle-même une quantité non négligeable d'actions de la Compagnie de la Bouteille Byron, car *Le Chapeau d'Alicia* lui avait rapporté des sommes importantes, et sa nature possessive l'avait amenée à se laisser tenter par le royaume plus sûr de la spéculation.

— Mon dieu, non, pas encore ! s'écria Sir William ; puis, avec moins d'assurance, il ajouta : Néanmoins, j'admets que cela va être délicat, à moins que nous ne puissions endiguer le flot des actions que nous perdons, ou bien en racheter nous-mêmes.

— N'y a-t-il pas à Byron des petits porteurs isolés, que nous pourrions immédiatement toucher ? demanda Randolph.

— Si, quelques-uns – surtout des Hurlingford par le côté maternel, ainsi que deux ou trois vieilles filles qui ont accidentellement hérité des parts auxquelles elles n'avaient pas vraiment droit. Elles n'ont évidemment jamais reçu de dividendes.

— Comment avez-vous réussi ce joli coup Oncle Billy ? dit Randolph.

Sir William ricana.

— Que connaissent aux actions de vieilles sottes comme Cornelia, Julia, ou Octavia ? Je ne voulais surtout pas qu'elles s'imaginent qu'elles tenaient là quelque chose de valeur, de sorte que non seulement je ne leur ai jamais payé de dividendes, mais je leur ai dit que leurs actions ne valaient rien, parce qu'elles appartenaient de plein droit à Maxwell et Herbert. J'ai ajouté que je ne souhaitais pas en faire toute une histoire et qu'elles pouvaient parfaitement rectifier l'erreur en léguant leurs parts aux fils de Maxwell et de Herbert.

— Bravo ! s'écria Alicia, pleine d'admiration.

Sir William lui décocha un regard brûlant ; elle commençait à se demander de quelle manière elle pourrait maintenir l'Oncle Billy à distance, une fois mariée et installée à Hurlingford Lodge – mais chaque chose en son temps.

— Il va maintenant falloir récupérer les actions des vieilles filles, déclara Edmund Marshall d'une voix lugubre. Mais je vais être franc, Billy – je ne vois pas comment je vais trouver de l'argent frais. À moins de me restreindre considérablement, ce qui serait extrêmement désagréable pour ma famille… – le mariage d'Alicia, n'est-ce pas…

— Je suis dans la même situation, mon vieux, répondit Sir William, articulant difficilement. Avec toutes ces histoires de Grande Guerre en Europe, bon sang ! Des rumeurs, voilà tout !

— Pourquoi *acheter* ces actions ? demanda Alicia, avec une pointe de mépris dans la voix, face à tant de stupidité. Il suffit d'aller trouver Tante Cornie, Tante Julie et Tante Octie, et de les leur *demander* ! Elles vous les donneront sans un murmure !

— Très bien, nous pouvons toujours procéder ainsi avec ces trois-là, et sans doute aussi avec Drusilla, j'imagine. Mais qu'est-ce qui a pris Malcolm Hurlingford, je vous le demande, de laisser des actions à ses filles ? Il a toujours été faible avec elles, mais Dieu merci, Maxwell et Herbert ne tiennent pas de leur père, de ce point de vue là ! (Sir William eut un soupir impatient.) Nous voilà dans un beau pétrin ! Même si, comme nous le dit Alicia, les trois vieilles pies rendent leurs actions sans un murmure, il faudra malgré tout s'occuper des divers ratés et demi-Hurlingford qui, eux, ne voudront sûrement pas se défaire des parts qu'ils peuvent encore détenir, sans compensation. Oh, nous y parviendrons, je n'en doute pas, pourvu qu'ils n'entendent pas parler du mystérieux acquéreur. Car il nous est impossible d'entrer en compétition avec ses prix.

— Que pouvons-nous vendre pour avoir des liquidités ? demanda nerveusement Alicia.

Ils se retournèrent tous vers elle, et Missy, qui était jusqu'à présent restée inaperçue devant la porte (sur laquelle sa robe et sa personne, brunes, ne se voyaient guère), recula à l'abri d'un des palmiers en pots que Tante Aurelia avait placés partout dans sa ravissante maison.

— Il y a les fichus canassons de Lady Billy, pour commencer, grogna Sir William d'un air satisfait.

— Mes bijoux, déclara Aurelia avec conviction.

— Et *les* miens, renchérit Alicia avec un regard mauvais pour sa mère, qui l'avait devancée.

— Le fait est, reprit Edmund, que ce mystérieux acquéreur, quel qu'il soit, semble en savoir plus sur les détenteurs d'actions de la Compagnie de la Bouteille Byron que nous et nous sommes le conseil d'administration ! En consultant la liste des actionnaires, j'ai découvert que, dans un grand nombre de cas, les parts étaient passées des mains de la personne enregistrée dans d'autres mains, celles de fils ou de neveux, il est vrai, mais néanmoins étrangères. Je n'avais jamais imaginé qu'un Hurlingford pût céder son patrimoine en deçà du tombeau !

— Les temps changent, soupira Aurelia. Quand j'étais jeune, la fierté du clan Hurlingford était légendaire. De nos jours, on dirait que certains jeunes Hurlingford se moquent royalement de la famille.

— Ils ont été trop gâtés, grommela Sir William. (Il s'éclaircit la gorge, se frappa les cuisses du plat de la main, et déclara d'un ton ferme :) Bien, je suggère que nous laissions les choses en l'état pendant le week-end, et que, dès lundi, nous entreprenions de rassembler des espèces sonnantes et trébuchantes.

— Qui s'occupe des vieilles tantes ? demanda Ted.

— Alicia, répondit aussitôt Sir William. Mais nous devrions attendre que le mariage se rapproche un peu, à mon avis. De cette manière, nous pourrons les amener à penser qu'elles lui en font cadeau pour ses noces.

— Mais le mystérieux acheteur ne risque-t-il pas de nous devancer auprès d'elles ? insista Ted, qui s'inquiétait toujours pour tout et, de ce fait, avait tout naturellement opté pour la comptabilité.

— Ce dont tu peux être sûr, Ted, c'est qu'aucune de ces vieilles toupies n'imaginerait de céder quoi que ce soit appartenant aux Hurlingford à quelqu'un qui ne soit pas de la famille, sans demander d'abord l'avis de Herbert ou le mien. L'acheteur pourrait leur offrir une fortune : elles exigeraient quand même de consulter Herbert ou moi avant toute chose.

Sir William était si sûr de son fait qu'il ne put se retenir de sourire en l'exposant.

Comme plusieurs personnes surchargées de travail et de soucis cherchaient le moyen de clore la réunion, Missy profita de la mêlée générale, se glissa dehors, et rentra bruyamment. Ils la remarquèrent tous, bien que nul ne parût particulièrement heureux de la voir.

— Que veux-tu ? lança hargneusement Alicia.

— Je suis venue te montrer ce que je pense de ta charité, Alicia, et te dire que je serai très heureuse d'assister à ton mariage en vêtements marron bien confortables, déclara Missy en traversant la pièce d'un pas décidé pour flanquer son paquet sur la table, devant Alicia. Voilà ! Merci. Et encore merci.

Alicia la regardait comme si ç'avait été une crotte de chien où elle aurait failli mettre le pied.

— Fais comme tu voudras !

— C'est exactement ce que je compte faire, désormais. (Elle leva les yeux vers Alicia, qui était beaucoup plus grande – avouant un mètre soixante-quinze, alors qu'elle mesurait huit centimètres de plus – avec un sourire espiègle.) Allez, Alicia, ouvre-le ! Je l'ai teint en marron exprès pour toi.

— Quoi ?

Comme Alicia s'escrimait vainement à défaire le nœud de la ficelle, Randolph vint à son secours en brandissant un canif. Une fois la ficelle coupée, le paquet s'ouvrit facilement, et apparurent alors la belle robe d'organdi et le ravissant chapeau, souillés d'une matière sans nom qui ressemblait

– odeur comprise – à de la bouse fraîche et abondante.

Alicia poussa un glapissement d'horreur qui s'enfla jusqu'à devenir un long cri aigu, et elle s'écarta d'un bond tandis que sa mère, son père, ses frères, son oncle et son fiancé s'approchaient pour voir.

— Espèce de petite souillon dégoûtante ! hurla-t-elle à l'adresse de Missy, qui rayonnait.

— Oh non ! répondit Missy avec hauteur.

— Tu es pire qu'une souillon ! Et tu peux bénir ta chance, car je suis trop bien élevée pour te dire ce que je pense de toi ! articula Alicia, ne sachant ce qui la choquait le plus, de l'acte, ou de celle qui l'avait commis.

— Eh bien, tu peux maudire ta malchance, car je suis assez mal élevée pour te dire ce que je pense de toi, Alicia. Je n'ai que trois jours de plus que toi, ce qui te situe nettement plus près de trente-quatre que de trente-trois ans. Et te voilà astiquée comme un pot en cuivre, vieille bête faisant l'ange, sur le point d'épouser un garçon qui a la *moitié* de ton âge ! L'âge de son père te conviendrait mieux ! Voilà qui fait de toi une voleuse d'enfants au berceau, et qui plus est, agissant de sang-froid ! Quand Montgomery Massey est mort, avant que tu aies pu le traîner à l'autel – il échappa ainsi à un destin mille fois pire que la mort – tu n'as vu personne à l'horizon qui fût une aussi bonne prise. Alors tu as jeté ton dévolu sur le pauvre Petit Willie, qui jouait encore au cerceau, avec ses boucles d'enfant et en costume marin, et tu as décidé de devenir un jour Lady Willie. Je ne doute pas qu'en d'autres circonstances tu aurais été tout aussi heureuse d'être Lady Billy au lieu de Lady Willie – peut-être même plus heureuse, car le titre était déjà là. J'admire ton fiel, Alicia, mais je ne t'admire pas. Et j'ai bien pitié de ce pauvre Petit Willie, qui va mener une existence misérable, tel un os que se disputeront sa femme et sa mère.

L'objet de sa pitié, avec le reste de la famille, dévisageait Missy, bouche bée, comme si elle eût surgi nue d'un gâteau géant pour danser le French Cancan. Aurelia était miséricordieusement tombée en syncope, mais le reste du public de Missy était tellement fasciné qu'il ne s'en aperçut pas.

Sir William fut le premier à se ressaisir.

— Sortez de cette maison !

— C'est justement ce que j'allais faire, répliqua Missy d'un air ravi.

— Je ne te le pardonnerai jamais ! cria Alicia. Comment oses-tu ? Comment *oses*-tu ?

— Oh ! occupe-toi de tes fesses, répondit Missy en riant. Elles sont assez grosses !

Et elle sortit.

Ce fut la proverbiale dernière goutte ; Alicia se figea, jusqu'à devenir totalement rigide, gargouilla un gémissement furieux, et tomba avec un grand bruit à côté de sa mère.

Ah ! quel *plaisir* cela avait été ! Mais comme elle s'éloignait, descendant la pente douce de George Street qui menait à la grand-rue de Byron, Missy sentit s'évanouir son exaltation. Comparée au sujet qui se discutait lors de sa première et invisible visite dans le salon, la remise à Alicia de ses vêtements saccagés n'était rien. Ces pauvres femmes ! Missy en savait aussi peu sur le monde des affaires que sa mère et ses tantes, mais elle était bien assez intelligente pour avoir saisi le sens des paroles de Sir William. Elle connaissait même l'existence de ces actions, car Drusilla gardait les siennes et celles d'Octavia dans le petit coffret en fer-blanc qu'elle cachait dans sa penderie et où elle serrait les documents tels que l'acte de propriété de sa maison et de ses trois hectares. Dix actions chacune, vingt en tout. Ce qui signifiait que Tante Cornelia et Tante Julia en possédaient probablement dix chacune aussi. Dividende. Sans doute s'agissait-il d'un genre de paiement périodique, d'une participation aux bénéfices de la société.

Comme ces cousins et ces oncles étaient méprisables, pour la plupart ! Sir William, fermement déterminé à poursuivre la honteuse politique du premier Sir William, afin que les femmes sans descendance de sa famille, qui se débattaient dans une digne pauvreté, ne puissent bénéficier des fruits de la mise en bouteilles de ce qui était, après tout, un don de Dieu et non des Hurlingford. L'Oncle Maxwell, qui était le pire des voleurs, riche de naissance, et toujours prêt à dépouiller ses parentes pauvres de leurs œufs, de leur beurre, du produit de leurs vergers, en leur faisant croire qu'il serait impardonnable et déloyal d'aller les vendre ailleurs. L'Oncle Herbert, qui avait en son temps racheté plusieurs de ces maisons et leurs trois hectares, toujours pour beaucoup moins qu'elles ne valaient, car il était un escroc, comme son frère Maxwell. Il était même plus redoutable, car il leur volait encore le rien qu'il leur avait payé, en racontant à ses victimes que les investissements, destinés à faire de ce rien un petit quelque chose, n'avaient pas rapporté un sou.

Mais les hommes de la famille n'étaient pas seuls dignes de son mépris, pensa Missy, car elle était d'humeur à répartir équitablement ses critiques. Si les Aurelia, les Augusta et les Antonia avaient fait pression, puisqu'elles s'étaient mariées avec les riches du clan, peut-être auraient-elles réussi à changer la situation, car la pire des brutes est encore vulnérable aux brutalités de sa femme.

Bon, il fallait faire quelque chose. Mais quoi ? Missy hésitait. Rentrer chez elle et raconter toute l'affaire ? On ne la croirait pas ou, si on la croyait, sa mère et ses tantes finiraient tout de même par se laisser extorquer leur dû. Il *fallait* faire quelque chose, et vite, avant qu'Alicia ne vienne flagorner ses tantes pour s'approprier leurs actions, ce qu'elle réussirait sans aucun doute.

La bibliothèque était ouverte, aujourd'hui ; Missy jeta un coup d'œil dans la vitrine, s'attendant à apercevoir la silhouette lugubre de Tante Livilla derrière le bureau, mais elle y vit Una. Elle ralentit donc, fit demi-tour, et entra.

— Missy ! Quelle chance ! Je ne m'attendais pas à vous voir aujourd'hui, mon chou ! déclara Una avec un sourire, comme si elle avait vraiment été ravie de voir débarquer la ratée de la famille avec son air minable.

— Je suis dans une colère épouvantable ! s'écria Missy en s'asseyant sur la chaise dure qui était destinée aux visiteurs, et elle s'éventa de la main.

— Qu'y a-t-il ?

Comprenant soudain qu'elle ne pouvait exposer cette petite bande de parents proches au mépris d'une personne aussi éloignée qu'Una de la branche Byron du clan, elle dut se contenter d'un lamentable :

— Oh, rien…

Una n'insista pas. Elle se borna à hocher la tête en souriant, et l'éclat charmant de sa peau, de ses cheveux et de ses ongles apaisa subtilement la rage de Missy.

— Que diriez-vous d'une tasse de thé avant la longue marche ? proposa-t-elle en se levant.

Une tasse de thé prenait les proportions d'un élixir de vie.

— Oh, oui, s'il vous plaît ! répondit Missy avec empressement.

Una disparut derrière les rayonnages du fond de la pièce, où, dans une minuscule cellule, se trouvait tout ce qu'il fallait pour préparer du thé ; il n'y avait pas de toilettes dans la bibliothèque, pas plus que dans les autres boutiques de Byron, car les gens n'avaient qu'à utiliser les toilettes de l'Établissement Thermal et se dépêcher.

L'idée d'examiner les romans pendant qu'elle attendait tenta Missy, et elle alla inspecter, au fond de la pièce, l'étagère qui venait heurter le coin du bureau de Tante Livilla. Alors qu'elle contournait la table pour suivre l'étagère de l'autre côté, son regard tomba sur une liasse de papiers qui lui parurent familiers. Un paquet d'actions de la Compagnie de la Bouteille Byron.

Una reparut.

— La bouilloire est sur le feu, mais il en faut du temps pour faire bouillir de l'eau froide avec un réchaud à alcool ! (Son regard suivit celui de Missy, puis se posa sur son visage.) C'est bien agréable, n'est-ce pas ? dit-elle.

— Quoi ?

— Eh bien, l'argent qu'on offre pour les actions de la Compagnie de la Bouteille Byron ! Dix livres pièce ! Incroyable ! Wallace avait quelques actions à moi, voyez-vous, et quand nous nous sommes séparés, il me les a rendues – il ne voulait rien garder qui puisse lui rappeler les Hurlingford. Je ne possède que dix actions, mais j'ai l'usage de cent livres, croyez-moi ! Et, de vous à moi, Tante Livilla est un peu gênée en ce moment, alors je l'ai convaincue de me confier ses vingt actions pour les vendre avec les miennes.

— Comment Tante Livilla s'est-elle procuré des actions ?

— Richard les lui a données pour rembourser l'argent qu'il lui avait emprunté un jour. Pauvre Richard ! Il ne parie jamais sur le bon cheval. Et elle est intraitable sur le remboursement des prêts, même quand c'est son fils unique et bien-aimé qui le lui doit. Il lui a donc cédé quelques-unes de ses actions de la Compagnie de la Bouteille Byron, et elle a annulé la dette.

— Il en a d'autres ?

— Évidemment. C'est un Hurlingford mâle, mon chou ! Mais je crois qu'il a dû tout vendre, car c'est lui qui m'a indiqué cet acheteur envoyé des dieux !

— Comment peut-on vendre les actions de quelqu'un d'autre ?

— Avec un pouvoir certifié. Regardez. (Una lui montra un formulaire en papier ministre rigide.) Vous l'achetez à la papeterie, comme un formulaire de testament. Vous le remplissez avec tous les détails, vous le signez, la personne qui vous autorise à agir en son nom signe également, ainsi qu'un tiers en qualité de témoin.

— Je vois, dit Missy, oubliant son désir de feuilleter les romans. (Elle se rassit.) Una, avez-vous l'adresse de la personne qui achète les actions de la Bouteille Byron.

— Ici même, mon chou, mais j'emporte tout le saint-frusquin à Sydney, lundi, pour le vendre moi-même. C'est plus sûr. Voilà pourquoi je m'occupe de la bibliothèque aujourd'hui : pour avoir mon lundi.

Elle se leva et retourna préparer le thé.

Missy réfléchissait de toutes ses forces. Pourquoi n'essaierait-elle pas de mettre la main sur les certificats de ses tantes avant qu'Alicia ne vienne les demander ? Pourquoi Alicia devrait-elle lui infliger une défaite quand, à l'issue de l'unique dispute qui les avait opposées, c'était Alicia qui avait perdu ?

Quand Una revint avec le plateau du thé, Missy s'était décidée.

— Oh, merci. (Elle prit sa tasse avec gratitude.) Una, êtes-vous absolument obligée d'aller à Sydney lundi ? Ne pourriez-vous pas remettre cela à mardi ?

— Je n'y vois pas d'objection.

— J'ai un rendez-vous chez un spécialiste de Macquarie Street mardi matin expliqua Missy. Je devais y aller avec Alicia, mais… je ne pense pas qu'elle souhaite encore ma compagnie. Il se pourrait que j'aie moi-même quelques-unes de ces actions à vendre et, si je pouvais y aller avec vous, ce serait plus facile. Je ne suis allée à Sydney que deux ou trois fois quand j'étais enfant, et je ne connais donc pas la ville.

— Oh ! quelle chance ! Pas de problème, ce sera mardi.

Una rayonnait, la lumière en elle semblait avivée.

— Je vais devoir vous demander une autre faveur, je le crains.

— À votre service, mon chou. De quoi s'agit-il ?

— Voudriez-vous aller pour moi à la papeterie, et m'acheter quatre de ces formulaires ? Voyez-vous, si j'y vais moi-même, l'Oncle Septimus va me demander pourquoi je veux ces papiers, et ensuite il s'empressera d'en parler à l'Oncle Billy, à l'Oncle Maxwell, ou à l'Oncle Herbert, et… eh bien, je préférerais garder mes petites affaires pour moi.

— J'y cours dès que j'ai fini ma tasse de thé Vous me garderez la boutique.

Tout fut donc arrangé, y compris la visite d'Una à Missalonghi, dimanche à cinq heures, où elle devait être témoin de la signature des pouvoirs. Heureusement, cette fois, Missy avait son petit porte-monnaie sur elle, et, heureusement encore, il contenait deux shillings ; car les formulaires coûtaient cher, trois pence chacun.

Missy remercia Una, et plaça les formulaires roulés au fond de son sac à provisions.

Elle s'était également décidée sur plusieurs titres.

— Mon dieu ! s'exclama Una en jetant un coup d'œil aux livres. Vous êtes sûre que vous voulez *Le cœur troublé* ? Je croyais vous avoir entendu dire que vous l'aviez lu et relu toute la semaine dernière.

— C'est vrai. Mais je veux encore le relire.

Et *Le cœur troublé* rejoignit les formulaires dans les profondeurs du cabas.

— Je vous verrai donc dimanche après-midi à Missalonghi. Et ne vous inquiétez pas, Tante Livilla accepte toujours de me prêter son tilbury avec le cheval, déclara Una en accompagnant Missy jusqu'à la porte, où elle déposa un léger baiser sur la joue de Missy. Haut les cœurs, ma grande, vous y arriverez ! dit-elle, et elle poussa doucement Missy dans la rue.

— Mère, dit Missy ce soir-là, en s'installant dans la chaleur de la cuisine avec Drusilla et Octavia, avez-vous encore ces titres de la Bouteille Byron que grand-père vous avait légués à toutes deux ?

Drusilla leva un regard contrarié de son ouvrage ; bien qu'elle eût elle-même modifié la hiérarchie du poulailler, il lui était encore difficile de ne plus s'en considérer comme la maîtresse incontestée. Cependant, elle avait vite appris à repérer l'approche subtilement oblique de Missy, et elle comprit qu'il y avait quelque chose dans l'air.

— Oui, je les ai toujours.

Missy posa sa dentelle sur ses genoux et regarda gravement sa mère.

— Mère, avez-vous confiance en moi ?

Drusilla cilla.

— Oui, bien sûr !

— Combien coûte une machine à coudre neuve ?

— Je n'en sais franchement rien, mais sans doute vingt ou trente livres, et peut-être même beaucoup plus.

— Si vous aviez cent livres de plus que les deux cents que vous a payées Tante Aurelia pour le trousseau d'Alicia, vous achèteriez-vous une machine à coudre ?

— Je serais certainement tentée.

— Alors donnez-moi vos actions de la Compagnie de la Bouteille Byron, et permettez-moi de les vendre pour vous. Je peux en obtenir dix livres pièce à Sydney.

Drusilla et Octavia avaient toutes deux interrompu leur ouvrage.

— Missy, ma petite fille, elles sont sans valeur, dit doucement Octavia.

— Non, elles ne sont pas sans valeur, répondit Missy. Vous avez été dupées par l'Oncle Billy, par l'Oncle Herbert, et par les autres, voilà tout ! Vous auriez dû recevoir ce qu'on appelle un dividende, régulièrement, car la Compagnie de la Bouteille Byron est une affaire très prospère.

— Mais non, tu te trompes, insista Octavia en secouant la tête.

— J'ai raison, au contraire Si vous, ainsi que Tante Cornelia et Tante Julia, étiez allées consulter un avocat désintéressé à Sydney, vous seriez bien plus riches que vous ne l'êtes, et depuis des années. Voilà la vérité.

— Nous ne pourrions jamais agir derrière le dos des hommes de la famille, Missy, protesta Octavia. Ce serait un manque de foi et de confiance en eux. Ils s'y connaissent mieux que nous, et c'est pour cela qu'ils s'occupent de nous et nous protègent. Et puis, c'est la *famille !*

— Je ne le sais pas, peut-être ! cria Missy, le visage crispé. Tante Octavia, les hommes de votre famille tablent sur le fait qu'ils *sont la famille* depuis la fondation du clan Hurlingford ! Ils se servent de vous ! Ils vous exploitent ! Quand avons-nous jamais obtenu de l'Oncle Maxwell un prix honnête pour nos produits ? Est-ce que vous avalez vraiment toutes ces histoires de malchance, où il se fait lui-même escroquer sur les marchés ? Il dit qu'il ne peut pas nous payer davantage ? Mais il est riche comme Crésus ! Et quand avez-vous vraiment *vu* la preuve que l'Oncle Herbert avait perdu votre argent dans un investissement malheureux ? Il est plus riche que Crésus ! Et n'est-ce pas l'Oncle Billy lui-même qui vous a raconté que ces actions étaient sans valeur ?

La fixité du regard muet de Drusilla était passée de la surprise au doute, et de la réticence à un désir très net d'en entendre davantage. À la fin de ce discours passionné, Octavia elle-même hésitait. Peut-être que si la Missy d'autrefois, assise là, avait tenté de détruire l'ordre ancien, elles auraient repoussé ses accusations en bloc ; mais cette nouvelle Missy possédait une autorité qui donnait à ses paroles une force de vérité sans équivoque.

— Écoutez, reprit Missy plus calmement, je peux vendre vos actions de la Compagnie de la Bouteille Byron pour dix livres pièce, et je sais que c'est une occasion aussi rare que des poules avec des dents, parce que j'étais là quand l'Oncle Billy et l'Oncle Edmund en ont parlé, et c'est précisément ce qu'ils disaient. Ils ne savaient pas que j'écoutais, sans quoi ils se seraient bien gardés de le dire. Ils ont parlé de vous comme ils vous jugent, avec le plus grand mépris. Croyez-moi, je ne me trompe pas dans l'interprétation de ce que j'ai entendu, et je n'exagère pas. Et j'ai décidé que c'était fini. Je veux faire en sorte que vous deux, et Tante Cornelia, et Tante Julia, pour une fois, leur damiez le pion. Alors donnez-moi vos actions et laissez-moi les vendre pour vous, car je vous en obtiendrai dix livres pièce. Mais si vous les offrez à l'Oncle Billy, à l'Oncle Herbert, ou à l'Oncle Maxwell, ils arriveront à vous les extorquer pour rien.

Drusilla poussa un long soupir.

— Je voudrais ne pas te croire, Missy, mais j'y suis bien forcée. Et ce que tu dis ne me surprend guère, tout au fond.

Quant à Octavia, qui aurait pu combattre par loyauté aveugle, elle décida au contraire de faire corps ; car elle était restée un peu enfant, et aspirait à se laisser guider.

— Pense aux avantages d'une machine à coudre, Drusilla, dit-elle.

— Cela me ferait le plus grand plaisir, reconnut Drusilla.

— Et je dois avouer que j'aimerais avoir cent livres à moi, à la banque. J'aurais moins l'impression d'être un fardeau.

Drusilla capitula.

— Bien, Missy, tu vas pouvoir disposer de nos actions.

— Je veux aussi celles de Tante Cornelia et de Tante Julia.

— Je comprends.

— Je peux vendre les leurs pour la même somme, dix livres chacune. Mais de même que vous, elles doivent consentir à me confier leurs certificats sans en dire un mot à l'Oncle Billy ni à aucun autre – pas un seul mot !

— Cornelia aurait sûrement l'usage d'une telle somme, dit Octavia, dont l'humeur était à chaque instant plus gaie, et qui refoulait la pensée de ses frères et cousins dans les limbes, parce que c'était plus facile que souffrir de leur perfidie et de leur méchanceté. Elle aurait bien besoin de se faire opérer les pieds par ce spécialiste allemand, à Sydney. Elle est toujours debout ! Et tu sais comme Julia est ennuyée, maintenant que le Café Olympus a ouvert cette arrière-salle supplémentaire, avec des tables en marbre et un pianiste chaque après-midi. Avec cent livres de plus, elle pourrait arranger son salon de thé, et le rendre encore plus chic que le Café Olympus.

— Je ferai de mon mieux pour les convaincre, promit Drusilla.

— Eh bien, si vous réussissez, il faut qu'elles viennent ici, à Missalonghi, dimanche après-midi à cinq heures. Avec leurs actions. Et vous devrez toutes me signer un Pouvoir.

— Qu'est-ce que c'est ?

— Un papier m'autorisant à agir en votre nom.

— Pourquoi dimanche à cinq heures ? demanda Octavia.

— Parce que c'est le jour et l'heure où mon amie Una viendra signer les documents, en qualité de témoin.

— Oh, quelle bonne idée ! (L'inspiration saisit Octavia.) Je lui préparerai une assiette de mes biscuits de ménage.

Missy sourit.

— Pour une fois dans notre vie, Tante Octavia, je crois que nous pourrions nous offrir un thé vraiment chic, dimanche. Nous pouvons faire des biscuits de ménage pour Una, bien sûr, mais nous préparerons aussi des petits fours, des fondants, des choux à la crème caramélisés, et... des *lamingtons !*

Personne ne discuta le menu.

En arrivant à la gare de Byron, le mardi matin à six heures, Missy transportait quarante actions de la Compagnie de la Bouteille Byron, et quatre Pouvoirs dûment signés. Una, qui, en dépit de son appartenance au sexe féminin, se révélait un vrai juge de paix (elle disait que cela se voyait parfois, à Sydney), avait apposé un sceau d'aspect très officiel sur les documents.

Elle attendait sur le quai, ainsi qu'Alicia. Pas ensemble, toutefois, car Alicia se tenait du côté de la locomotive, là où s'arrêteraient les wagons de première classe, tandis qu'Una attendait vers l'arrière du quai, là où se trouveraient les wagons de seconde classe.

– J'espère que cela ne vous ennuie pas de voyager en seconde classe, murmura Missy d'un air inquiet. Mère s'est montrée fort généreuse, j'ai dix shillings pour mes frais personnels, et une guinée pour le spécialiste. Mais je ne veux pas en dépenser plus que le strict nécessaire.

– Mon chou, répondit Una d'une voix douce, le temps de la première classe est révolu pour moi D'ailleurs, ce n'est pas un voyage bien terrible et, avec ce froid, personne ne va réclamer qu'on ouvre les fenêtres pour laisser entrer les escarbilles.

Le regard de Missy croisa celui d'Alicia qui aussitôt se détourna en pinçant les lèvres. Dieu merci, songea Missy sans une once de repentir.

Les rails commencèrent à frémir, et peu après le train arriva, monstrueuse machine noire à la cheminée trapue, qui crachait des torrents de fumée et des jets impétueux de vapeur blanche dans un grondement d'enfer.

— Savez-vous ce que j'adore ? demanda Una à Missy, lorsqu'elles eurent trouvé deux places libres dont une près de la fenêtre.

— Non.

— Vous connaissez le pont au-dessus de Noel Street, près de l'usine de mise en bouteilles ?

— Bien sûr.

— Eh bien, quand un train passe dessous, j'adore m'arrêter au milieu du pont et me pencher par-dessus le parapet. Et d'un seul coup, il y a de la fumée partout, comme une descente aux enfers ! Mais c'est tellement amusant !

Et vous aussi, songea Missy, comme vous êtes amusante ! Je n'ai jamais rencontré quelqu'un qui vous ressemble, quelqu'un qui soit aussi plein de vie.

Lorsque le train atteignit le terminus, à la Gare Centrale, l'horloge du quai indiquait neuf heures moins vingt. Le rendez-vous à Macquarie Street était fixé à dix heures, mais Una décida que cela leur laissait le temps d'aller prendre une tasse de thé au buffet de la gare. Alicia les dépassa dans la salle des pas perdus ; elle avait dû attendre le moment propice, car les passagers de première classe sortaient bien avant ceux de l'arrière du train.

— N'est-ce pas la fameuse Alicia Marshall ? demanda Una.

— Si.

Una émit un son intraduisible.

— Que pensez-vous d'elle ? dit Missy.

— Voyante, mon chou. Elle met toutes ses marchandises en vitrine, et vous savez comme moi ce qui arrive aux marchandises exposées dans les vitrines des magasins, n'est-ce pas ?

— Oui, mais j'aimerais vous l'entendre dire à votre manière.

Una retint un petit rire.

— Mais mon chou, elles se *flétrissent* ! C'est l'exposition constante à la lumière éclatante du soleil. Je lui donne encore un an, au plus. Ensuite, elle aura beau serrer de toutes ses forces son corset de dentelles, rien ne pourra la faire mincir. Elle deviendra monstrueusement grasse et paresseuse, et son caractère s'aigrira. Il paraît qu'elle va épouser un garçon tout jeune. Dommage. Ce qu'il lui faudrait, c'est un homme qui la fasse travailler dur et la traite comme un chien.

— Je crains que le pauvre Petit Willie ne soit trop mou, dit Missy qui ne comprit pas pourquoi Una trouva cette idée si cocasse.

En effet, Una eut un accès de fou rire tout au long du trajet en tramway, dans Castlereagh Street, mais jamais elle ne voulut en dire la cause à Missy et, lorsqu'elles parvinrent devant l'immeuble de Macquarie Street où le spécialiste avait son cabinet, Missy avait renoncé à le lui demander.

À dix heures précises, l'assistante du Dr George Parkinson, hautaine, introduisit Missy dans une pièce pleine d'écrans mobiles, d'une blancheur et d'une propreté terrifiantes. On lui ordonna d'ôter tous ses vêtements à l'exception de sa culotte, de s'envelopper dans un linge blanc qui était mis à sa disposition, de s'allonger sur le lit de repos et d'attendre le médecin.

Quelle curieuse manière de faire connaissance, pensa-t-elle quand le Dr Parkinson se pencha au-dessus d'elle ; et elle se demanda à quoi il pouvait bien ressembler, quand les cavernes poilues de ses narines n'étaient plus le trait dominant de son visage. En présence de son assistante silencieuse, il lui tapota le torse, posa un regard navré sur ses seins peu développés avec l'impolitesse de l'indifférence absolue, écouta son cœur et ses poumons à l'aide d'un stéthoscope beaucoup plus étroit que celui du Dr Hurlingford, lui prit le pouls, lui enfonça une spatule dans la gorge jusqu'à ce qu'elle s'étrangle, lui tâta les deux côtés du cou, ainsi que sous le menton, de ses doigts durs et impatients, puis palpa son ventre frissonnant.

— Examen interne, mademoiselle, annonça-t-il sèchement à son assistante.

— Antérieur ou postérieur ?

— Les deux.

Les examens internes donnèrent à Missy l'impression de subir une importante opération chirurgicale sans le secours du chloroforme, mais le pire était encore à venir. Le Dr Parkinson la fit allonger à plat ventre, puis tâta sa colonne vertébrale, jusqu'au moment où, près de l'endroit où ses omoplates ressortaient comme une paire d'ailettes dérisoires, il poussa plusieurs grognements.

— Ah ! Ah ! s'exclama-t-il comme s'il avait découvert un trésor.

Sans un mot d'avertissement, Missy fut soudain empoignée à la tête, aux talons et aux hanches par le médecin et son infirmière ; ils agirent si rapidement qu'elle n'eût pas le temps de comprendre ce qu'ils faisaient ; elle entendit seulement une sorte de craquement grinçant, d'autant plus terrifiant qu'elle le perçut à l'intérieur de son corps aussi bien qu'à l'extérieur.

— Vous pouvez vous rhabiller, Miss Wright, et ensuite passez dans l'autre pièce, ordonna le Dr Parkinson, et il franchit lui-même la porte, toujours suivi de son assistante.

Secouée et désemparée, Missy fit comme on lui avait dit.

Vu dans le bon sens, le Dr Parkinson avait un visage assez agréable, et ses yeux bleus exprimaient la bonté et l'intérêt professionnel.

— Bon, Miss Wright, vous pouvez rentrer chez vous dès aujourd'hui, déclara-t-il, retournant entre ses doigts une lettre qu'il avait prise sur son bureau, parmi d'autres papiers.

— Je ne suis pas malade ? demanda Missy.

— Pas le moins du monde. Votre cœur n'a rien du tout. Vous avez un nerf coincé vers le haut de la colonne vertébrale, et vos grandes marches vigoureuses l'ont amené à émettre une protestation tout aussi vigoureuse, voilà tout.

— Mais – je ne pouvais plus respirer ! murmura Missy, stupéfaite.

— La panique, Miss Wright, la panique ! Quand le nerf se coince, la douleur est très forte, et il se peut que, dans votre cas, cela gêne les muscles respiratoires. Mais il n'y a vraiment pas lieu de vous inquiéter. Je viens de vous manipuler moi-même la colonne vertébrale, et le problème devrait être réglé, pourvu que vous ralentissiez un peu l'allure dans les grandes distances. Si cela ne suffisait pas, je vous suggère d'installer une sorte de barre fixe, chez vous, de vous attacher deux briques à chaque pied, et de vous hisser jusqu'au menton à la barre, malgré le poids des briques.

— Et je n'ai rien d'autre ?

— Déçue, hein ? répondit malicieusement le Dr Parkinson. Allons, Miss Wright ! Pourquoi voudriez-vous avoir des troubles cardiaques, plutôt qu'un nerf spinal coincé ?

C'était une question à laquelle Missy n'avait nulle intention de répondre ; comment pourrait-elle mourir entre les bras de John Smith… d'un nerf spinal coincé ? C'était à peu près aussi romantique que des boutons sur la figure.

Carré dans son fauteuil, le Dr Parkinson la dévisageait songeusement en tapotant son sous-main avec sa plume. Il s'agissait visiblement d'une manie, car le buvard était parsemé de petites taches bleues, et le médecin avait même commencé, sans doute quand il s'ennuyait, à relier les taches les plus dispersées suivant une sorte de tracé en pattes de mouches.

— Vos règles ! s'écria-t-il soudain, estimant apparemment qu'il fallait la réconforter un peu en cherchant dans toutes les directions. Quelle est la fréquence de vos règles ?

Missy rougit, et s'en voulut de rougir.

— Environ toutes les six semaines.

— Vous perdez beaucoup ?

— Non, très peu.
— Des douleurs ? Des crampes ?
— Non.
— Hum ! (Il relia quelques taches.) Des migraines ?
— Non.
— Vous vous évanouissez facilement ?
— Non.
— Hum ! (Il retroussa si bien ses lèvres que celle du dessus lui caressa le bout du nez.) Miss Wright, déclara-t-il enfin, le mal qui vous ronge ne pourra être vraiment guéri que si vous trouvez un mari et que vous ayez un ou deux enfants. Je doute que vous puissiez en avoir davantage, car je ne pense pas que vous serez facilement enceinte, mais à votre âge, il serait grand temps de vous y mettre.
— Si je pouvais trouver quelqu'un prêt à m'y mettre, comme vous dites, croyez-moi, je m'y mettrais ! répliqua Missy.
— Veuillez m'excuser.
À cet instant précis, l'assistante du Dr Parkinson passa la tête par l'entrebâillement de la porte et agita ses sourcils.
Il se leva aussitôt, réquisitionné par cet étrange sémaphore.
— Excusez-moi.
Pendant une minute environ, Missy resta immobile sur sa chaise, en se demandant si elle devait se

lever et partir sur la pointe des pieds, puis elle décida que mieux valait attendre un congé en bonne et due forme. Le nom du Dr Neville Hurlingford la frappa soudain, en tête d'une lettre posée sur le bureau, à mi-chemin entre une constellation de taches reliées, et une grappe globulaire de points séparés. D'un geste totalement indépendant de son cerveau, la main de Missy se tendit, et prit la lettre :

« Cher George,

C'est curieux que je t'envoie deux patientes en une semaine, alors que je ne t'avais pas vu depuis six mois. Mais ainsi va la vie – et ma clientèle – à Byron. Ce mot pour te présenter Missy Wright, une pauvre vieille fille qui a eu au moins un accès de douleur thoracique et de perte de souffle, par suite d'une longue marche à bonne allure. L'unique crise qui m'ait été décrite suggérerait assez l'hystérie, si le visage de la patiente n'avait pas été gris et en sueur. Cependant, le retour à la normale semble avoir été fort rapide et, quand je l'ai examinée, peu après, je n'ai pu déceler aucune séquelle d'aucune sorte. Je soupçonne qu'il s'agit bel et bien d'hystérie, car le mode de vie de la patiente rend ce diagnostic fort vraisemblable. Elle mène une existence stagnante et frustrée (voir le développement des seins). Mais, pour plus de sécurité, j'aimerais que tu l'examines au cas où elle aurait une affection grave. »

Missy posa la lettre et ferma les yeux. Le monde entier la voyait-il donc avec cette pitié méprisante ? Et comment sa fierté pouvait-elle s'accommoder d'autant de dédain et de pitié ? De même que sa mère, Missy était orgueilleuse. « Stagnante. » « Frustrée. » « Une pauvre vieille fille. » « Au cas où elle aurait une affection grave », comme si la stagnation, la frustration et le statut de vieille fille n'étaient pas déjà une affection grave !

Elle rouvrit les yeux, et s'étonna de découvrir qu'ils n'avaient laissé échapper aucune larme. Au contraire, ils étaient clairs, secs, et *furieux*. Et ils commencèrent à scruter le fouillis du bureau du Dr Parkinson, pour voir si, parmi tous ces papiers, il n'y avait pas au moins une esquisse de compte rendu de son examen. Elle trouva deux rapports, dont aucun ne portait de nom ; l'un se composait d'une liste de contrôles qui disaient tous « normal », et l'autre d'une litanie technique de désastres, qui concernaient tous le cœur. Puis elle découvrit le début d'une lettre au Dr Hurlingford.

« Cher Neville,

Merci de m'avoir adressé Mme Anastasia Gilroy et Miss… ? Wright, dont je crains de n'avoir pas saisi le prénom, puisque tout le monde semble se contenter d'ajouter un "y" à son statut familial. Je suis sûr que tu ne verras aucune objection à ce que je te donne mon avis sur les deux dans cette seule et même lettre. »

Et c'était tout. Mme Anastasia Gilroy ? Après avoir passé en revue quelques-uns des visages non-Hurlingford de Byron, elle finit par se rappeler une femme à l'air maladif, ayant presque son âge, qui habitait une maisonnette délabrée tout près de l'usine de mise en bouteilles, avec un mari ivrogne et plusieurs petits enfants mal tenus.

Le second rapport clinique concernait-il donc Mme Gilroy ? Missy le prit et s'efforça de déchiffrer le jargon et les symboles qui recouvraient la moitié supérieure du feuillet. Quant à la seconde partie, elle était assez claire, même pour Missy.

Elle lut : « *Je ne puis suggérer aucun traitement susceptible de modifier ce pronostic. La patiente souffre d'une forme avancée de valvulite cardiaque multiple. Sous réserve qu'aucune détérioration n'intervienne, je lui donne six mois à un an de survie. Cependant, je ne vois pas l'intérêt de recommander le repos alité, puisque j'imagine que la patiente ne tiendrait aucun compte de mes instructions, étant donné sa nature et sa situation familiale.* »

Mme Gilroy ? Si seulement il y avait eu un nom ! Mais ce serait pour elle, elle le rangerait avec la lettre au Dr Hurlingford. Il n'y avait pas d'autre rapport dans ce fouillis. Oh, pourquoi le mauvais compte rendu n'était-il pas celui de Missy

Wright ? La mort, dont on la privait soudain, lui semblait maintenant douce et désirable. Ce n'était pas juste ! Mme Gilroy avait une famille, qui requérait ses soins. Alors que personne n'avait besoin de Missy Wright.

Des voix se rapprochaient ; Missy plia le rapport qu'elle tenait encore à la main, et le glissa rapidement dans son sac.

— Chère Miss Wright, veuillez me pardonner ! s'écria le Dr Parkinson, avec assez de souffle et de précipitation pour faire envoler tous ses papiers. Vous pouvez partir, vous pouvez partir ! Attendez une semaine avant de retourner voir le Dr Hurlingford.

L'air était plus chaud et plus humide à Sydney que dans les Montagnes Bleues, et c'était une belle journée limpide. Émergeant dans Macquarie Street au côté d'Una, Missy fut un instant aveuglée.

— Presque onze heures et demie, observa Una. Irons-nous d'abord vendre nos actions ? C'est dans Bridge Street, à deux pas.

Ainsi firent-elles, et ce fut d'une extraordinaire simplicité. Cependant, le petit bureau et l'employé grincheux ne leur fournirent aucun indice sur l'identité du mystérieux acheteur ; le plus surprenant dans l'affaire fut qu'on les paya en souverains d'or, et non en papier-monnaie. Et quatre cents pièces d'or pesaient un grand poids, comme Missy s'en rendit compte dès qu'elle les eut rangées dans son sac.

— Ainsi chargées, dit Una, nous ne pourrons pas marcher bien loin. Je suggère donc que nous déjeunions à l'hôtel Métropole – nous n'en sommes qu'à une minute – puis que nous prenions le tramway jusqu'à la Gare Centrale, et que nous rentrions sagement à la maison.

Jamais Missy n'avait déjeuné au restaurant, pas même au salon de thé de Tante Julia, et jamais elle n'avait mis les pieds à l'hôtel Hurlingford. Aussi, la spacieuse opulence de l'hôtel Métropole, avec ses chandeliers de cristal et ses colonnes de marbre, la stupéfia et l'impression de silence que produisaient les palmiers en pot lui rappela la maison de Tante Aurelia. Quant à la nourriture – Missy n'avait jamais rien goûté d'aussi délicieux que la salade d'écrevisses qu'Una avait commandée pour elle.

— Je crois que je deviendrais énorme si je pouvais manger tous les jours d'aussi bonnes choses, soupira Missy extasiée.

Una lui sourit sans la moindre trace de pitié, mais avec compréhension.

— Pauvre Missy ! La vie vous est passée sous le nez, n'est-ce pas ? Mais regardez-moi : elle m'a écrasée comme un train express. Badaboum, et voilà Una étendue de tout son long dans l'eau. Mais rassurez-vous, mon chou ! La vie ne va pas toujours vous passer sous le nez, je vous le promets. Accrochez-vous bien à l'idée que chacun – et chacune ! – a son heure de gloire. Seulement, ne laissez pas non plus la vie vous écraser.

N'aspirant qu'à dire à Una combien elle l'aimait, mais trop timide pour le faire, Missy chercha un sujet de conversation acceptable.

— Vous ne m'avez pas demandé ce qu'avait dit le médecin.

Les yeux bleus d'Una s'illuminèrent.

— Qu'a-t-il dit ?

Missy soupira.

— J'ai le cœur solide comme un roc.

— Vous êtes sûre ?

Devinant ce qu'insinuait Una, elle sourit.

— Bon, oui, il est un peu atteint. Mais pas par une maladie.

— Je crois que c'est la maladie la plus grave du monde !

— Pas dans les manuels de médecine.

— Si vous aimez tellement John Smith, pourquoi ne le lui dites-vous pas ?

— *Moi ?*

— Mais oui, mon chou. Vous ! Vous savez, le vrai problème, c'est que vous avez grandi dans l'idée – partagée par toute la ville – que si vous ne ressembliez pas à Alicia Marshall et si vous n'agissiez pas comme elle, jamais aucun homme ne pourrait s'intéresser à vous. Mais Alicia Marshall ne séduit pas tous les hommes qu'elle rencontre ! Nombreux sont ceux qui ont plus de goût et de bon sens que cela, et je sais justement que John Smith est l'un d'eux. (Elle eut un sourire espiègle.) En effet, je pense que vous conviendriez parfaitement à John Smith.

— Est-il marié ?

— Il l'a été naguère, mais il est désormais un respectable célibataire – sa femme est morte.

— Oh ! Était-elle… était-elle gentille ?

Una réfléchit.

— Moi, en tout cas, je l'aimais bien. Mais ce n'était pas le cas de tout le monde.

— Et lui, l'aimait-il ?

— Je pense qu'il l'aimait assez au début, mais plus du tout à la fin.

— Ah.

Una réclama l'addition et fit la sourde oreille aux protestations de Missy.

— Mon chou, vos transactions de ce matin ne vous ont apporté aucune récompense personnelle, tandis que les miennes m'ont valu d'empocher cent merveilleuses livres, que je compte gaspiller comme la maîtresse d'un roi. Je suis donc heureuse de vous offrir ce déjeuner.

Elles attendirent le tramway devant une boutique de robes très élégantes, mais, à la surprise de Missy, Una ne manifesta aucun intérêt.

— D'abord, mon chou, cent livres ne suffiraient même pas à payer l'ombre d'un chiffon à poussière, là-dedans. Et puis leurs robes sont aussi ternes que leurs prix élevés. Pas de robes rouges ! C'est une boutique bien trop respectable.

— Un jour, j'aurai ma robe et mon chapeau rouges, déclara Missy. Et tant pis si ce n'est pas respectable.

— Je n'ai donc aucun trouble cardiaque, déclara Missy à sa mère et à sa tante. En fait, j'ai même un cœur en parfait état.

Les deux visages blêmes anxieusement tournés vers Missy se détendirent aussitôt.

— Oh ! quelle bonne nouvelle ! dit Octavia.

— Alors qu'as-tu ? demanda Drusilla.

— J'ai un nerf spinal coincé.

— Bonté divine ! Cela serait-il incurable ?

— Non, le Dr Parkinson pense même qu'il m'a peut-être déjà guérie. Il m'a à moitié arraché la tête, j'ai entendu un craquement épouvantable, et je devrais désormais me porter fort bien. Il appelle cela une manipulation, si j'ai bien compris. Mais si jamais j'ai une nouvelle crise, il faudra que vous m'attachiez deux briques à chaque pied, et que je me suspende en l'air, avec le menton posé sur une barre ! (Elle sourit.) Cette seule pensée suffira à m'ôter toute envie de me plaindre ! (Elle dut prendre tout son élan pour réussir à poser son sac sur la table.) Voici quelque chose d'infiniment plus important – regardez ! (Et elle en tira quatre cylindres soigneusement enveloppés.) Cent livres pour vous, Mère. Tout en or. Et la même somme pour Tante Octavia, Tante Cornelia et Tante Julia.

— C'est un miracle, balbutia Drusilla.

— Non, c'est une justice un peu tardive, dit Missy. Vous allez acheter cette machine à coudre Singer, maintenant, n'est-ce pas ?

Dans le cœur de Drusilla, la bataille faisait rage entre prudence et désir ; elle déclara une trêve provisoire, reportant la décision à plus tard.

— J'ai dit que j'y réfléchirais, et c'est ce que je vais faire.

Quand vint l'heure du coucher, Missy fut incapable de trouver le sommeil en dépit des fatigues inhabituelles de la journée ; allongée dans le noir, l'esprit satisfait, elle songeait à John Smith. Il avait donc été marié, mais sa femme était morte. Il ne pouvait pas avoir eu d'enfants, sinon il les aurait sûrement avec lui, au moins de temps en temps. Quelle tristesse – et Una pensait de même – qu'il n'eût pas aimé sa femme autant à la fin qu'au début. La société de Sydney, songea Missy, ne semblait guère favoriser le bonheur conjugal, si l'on considérait le cas d'Una et de Wallace, de John Smith et de sa défunte épouse. Toutefois, Mme John Smith n'avait pas eu à souffrir des stigmates du divorce ; arrivée à ce point de ses réflexions, et pour la première fois de son existence étroitement limitée par les conventions, Missy se demanda si les stigmates du divorce n'étaient pas, somme toute, préférables au caractère irrévocable de la mort.

À minuit, son plan était prêt et sa décision prise. Elle agirait, et ce, dès le matin. Après tout, qu'avait-elle à perdre ? Si son projet échouait, elle n'aurait qu'à continuer à vivre les trente-trois prochaines années comme les trente-trois écoulées. Cela valait assurément la peine d'essayer.

Quelque part dans son esprit, soudain ensommeillé, elle eut une petite pensée pour John Smith, l'innocente victime. Était-ce juste ? Oui, fut la réponse. Missy se retourna et s'endormit sans plus d'inquiétude.

Drusilla avait décidé de porter les quatre cents livres à Byron sans l'aide de personne, et elle se mit en route le lendemain matin à neuf heures. Le lourd fardeau de son sac lui paraissait léger comme une plume. Elle était très heureuse, non seulement pour elle-même, mais aussi pour ses sœurs. Ces dernières semaines, la chance lui avait souri bien plus que depuis presque quarante ans, et elle commençait à oser espérer que cette bonne fortune serait un filet d'eau devenant ruisseau, plutôt qu'une éclaboussure s'enfonçant dans le sable. Mais ce ne peut pas être pour moi seule, se promit-elle. Je dois faire en sorte que cela nous englobe *toutes*.

Tandis qu'Octavia s'affairait gaiement à ses casseroles, Missy rassembla quelques affaires dans le vieux sac en tapisserie qui servait à toutes les dames de Missalonghi dans les rares occasions où un sac était nécessaire. Sur son couvre-lit, elle déposa un petit mot pour sa mère, puis elle se glissa dehors, parcourut l'allée, franchit le portail, tourna à gauche – et non pas à droite.

Cette fois, elle ne venait pas explorer timidement les abords de la descente vers la vallée de John Smith ; elle s'y engagea d'un pas ferme et décidé, armée d'un gros bâton pour équilibrer le poids du sac sur les rochers perfides. Puis la marche devint plus aisée, car la route longeait les flancs boisés jusqu'au pied des falaises. Il faisait bien moins froid que Missy ne l'avait imaginé, car les remparts du roc coupaient le vent, très haut au-dessus d'elle ; au fond de la vallée, tout était calme et immobile.

Six ou sept kilomètres après le début de la descente, les bois des versants vallonnés se transformèrent en une sorte de jungle, riche en vignes vierges, en plantes grimpantes, en fougères géantes, et même en palmiers de diverses espèces. Elle entendait partout des oiseaux-cloches, mais sans réussir à en voir un seul, malgré tous ses efforts ; leurs pépiements emplissaient l'air d'un délicieux tintement argentin, clair et délicat, qui ne ressemblait en rien à un concert de cris d'oiseaux. D'autres chants se mêlaient à ces carillons, les longues roulades des pies, les joyeux trilles des minuscules gobe-mouches qui voletaient à quelques centimètres de son visage et semblaient lui souhaiter la bienvenue dans leur domaine.

Cette troisième heure de marche s'effectua dans une atmosphère humide : le soleil transperçait à peine le dais de feuillages, et l'accumulation de mousse, de boue et de branches pourrissantes rendait le chemin très glissant. Une première sangsue lui tomba dessus et, aussitôt, colla son petit corps gluant, maigre et agité sur sa main : tous ses efforts pour la détacher s'étant révélés inutiles, Missy fut tentée de se mettre à courir en hurlant. Mais elle se força à rester immobile et silencieuse jusqu'à ce que la chair de poule eût disparu de sa nuque et de ses bras, puis elle se morigéna sérieusement ; si ces ignobles choses vivaient dans la forêt de John Smith, elle allait devoir les affronter de manière à ne pas apparaître comme une jeune femme stupide. La sangsue avait commencé à enfler et, Missy le découvrit en tâtant certaines parties exposées de son cou et de son visage, d'autres étaient venues la rejoindre. Sales bestioles ! Elles ne voulaient pas s'en aller ! Elle reprit donc sa marche, dans l'espoir de rencontrer moins de sangsues en avançant qu'en restant sur place, espoir qui se confirma. Repue, la première se détacha d'elle-même et tomba à terre, bientôt suivie de toutes les autres. Missy s'aperçut alors que, quoi qu'elle fît pour l'étancher, le sang s'obstinait à couler des morsures. Quelle allure elle devait avoir ! Couverte de sang. Leçon numéro un sur le rêve comparé à la réalité.

Peu de temps après, le bruit du fleuve se fit entendre dans le lointain, Missy sentit son courage l'abandonner ; il lui fallut plus de force et de résolution pour parcourir les dernières centaines de mètres que pour organiser toute l'expédition.

C'était là, juste après le tournant. Une petite cahute en clayonnage, avec un toit en lattes de bois, et un appentis sur le côté qui paraissait de construction plus récente. Cependant, la cabane avait une cheminée en grès, et un filet de fumée brouillait le bleu parfait du ciel. Il était donc au logis !

Comme Missy n'avait pas l'intention de lui sauter dessus par surprise, elle s'arrêta à l'orée de la clairière, et cria son nom à plusieurs reprises, de toutes ses forces. Deux chevaux qui paissaient dans un enclos levèrent la tête pour la regarder d'un œil curieux, avant de reprendre leur placide repas, mais elle ne vit aucune trace de John Smith. Il devait être dans les parages. Elle s'assit sur une souche et attendit.

Cela ne dura pas longtemps, car elle était arrivée un peu avant une heure de l'après-midi, et John Smith apparut bientôt en sifflotant pour préparer son déjeuner. Il pénétra dans la clairière, mais ne vit pas sa visiteuse ; il marchait vers le fleuve, qui coulait en bruyantes cascades derrière le bungalow, et Missy était dissimulée à ses regards par les chevaux.

— Monsieur Smith ! cria-t-elle

Il s'arrêta net, demeura un moment immobile, puis se retourna.

— Oh ! bon sang ! dit-il.

Il s'approcha d'elle en la foudroyant d'un regard terrible.

— Que faites-vous ici ?

Missy prit une profonde inspiration, dont elle avait le plus grand besoin – c'était maintenant ou jamais.

— Voulez-vous m'épouser, monsieur Smith ? demanda-t-elle en articulant très clairement.

Sa colère se dissipa aussitôt, remplacée par une franche allégresse.

— C'est une longue marche pour descendre jusqu'ici. Vous feriez mieux d'entrer boire une tasse de thé, Miss Wright, dit-il avec une flamme de gaieté dans les yeux. (Du doigt, il effleura les traînées de sang sur le visage de Missy.) Des sangsues, hein ? Je m'étonne que vous ayez tenu la distance.

Il la prit par le coude et lui fit traverser la clairière d'un pas mesuré sans ajouter un seul mot, en se contentant de retenir son rire. La maisonnette n'avait pas de véranda, détail singulier dans la région et, comme Missy put le voir malgré la pénombre, le sol était en terre battue, et l'ameublement spartiate. Mais pour un repaire de célibataire, il y régnait une propreté remarquable, sans vaisselle sale ni désordre. Un fourneau neuf en fonte noire occupait la moitié de la cheminée, l'autre moitié étant un âtre ouvert ; la cuvette à vaisselle était posée sur un tabouret en bois, et deux chaises de cuisine étaient installées de part et d'autre d'une longue table grossièrement rabotée. John Smith s'était fabriqué un lit avec d'épaisses planches, recouvertes d'au moins trois matelas, semblait-il, et d'un couvre-pieds en plume qui devait le protéger du froid. Une peau de vache tendue sur un cadre en bois lui servait de fauteuil, et il avait suspendu ses vêtements à des patères clouées au mur, à côté du lit. Aucun rideau ne voilait l'unique fenêtre, qui semblait avoir été récemment nettoyée.

— Mais pourquoi avoir des rideaux ? songea Missy à voix haute.

— Quoi ?

En allumant deux lampes à kérosène avec une allumette qu'il jeta ensuite dans le fourneau, il la regarda.

— Comme c'est merveilleux de vivre dans une maison qui n'a pas besoin de rideaux, dit Missy.

Il posa une lampe sur la table, et une autre sur une caisse ayant servi à transporter des oranges et qui se trouvait près du lit, puis il prépara le thé.

— Il y a suffisamment de lumière sans lampes, dit Missy.

— Vous êtes assise devant la fenêtre, Miss Wright, et je veux éclairer votre visage.

Missy se tut donc, laissant errer son regard sur son hôte et sur son installation. Comme toujours, John Smith dégageait une odeur de propreté, même si la poussière et la terre qui maculaient ses vêtements et ses bras – ainsi d'ailleurs que la longue égratignure qui lui traversait le dos de la main gauche – indiquaient qu'il s'était livré à de gros travaux pendant toute la matinée.

Il versa le thé dans de grandes tasses émaillées, et présenta les biscuits dans leur boîte en fer-blanc, mais sans s'excuser ni manifester la moindre gaucherie. Lorsqu'il eut servi Missy et qu'elle eut indiqué qu'elle ne désirait rien d'autre, il emporta sa tasse et une poignée de biscuits jusqu'au fauteuil de cuir, qu'il fit pivoter pour pouvoir s'asseoir bien en face d'elle et la dévisagea.

— Alors, Miss Wright, pourquoi diable voudriez-vous m'épouser ?

— Parce que je vous aime ! répondit Missy d'un ton éberlué.

Cette réponse le plongea dans la confusion ; comme pour lui cacher soudain ce qui risquait d'apparaître dans ses yeux, il détacha son regard d'elle et le fixa sur la fenêtre en fronçant les sourcils.

— C'est ridicule, murmura-t-il enfin, en se mordillant la lèvre.

— J'aurais plutôt dit que c'était évident.

— Vous ne pouvez pas aimer quelqu'un que vous ne connaissez même pas ! C'est ridicule.

— J'en sais assez sur vous pour vous aimer, répondit-elle avec ferveur. Je sais que vous êtes très bon. Vous avez une force intérieure. Vous êtes propre. Vous êtes différent. Et vous avez assez de *poésie* en vous pour vouloir vivre ici plutôt que n'importe où ailleurs.

Il cilla, puis s'exclama : Bon dieu ! et éclata de rire. Je dois dire que c'est le catalogue de vertus le plus intéressant que j'aie jamais eu le privilège d'entendre. J'aime tout particulièrement la mention de propreté.

— C'est important, observa gravement Missy.

Il parut un moment que l'amusement allait l'emporter mais, au prix d'un effort, John Smith garda son sérieux et déclara :

— Je crains malheureusement de ne pas pouvoir vous épouser, Miss Wright.

— Pourquoi ?

— Pourquoi ? Eh bien, je vais vous le dire, commença-t-il en se carrant dans son fauteuil. Vous voyez devant vous un homme qui a trouvé le bonheur, pour la première fois de sa vie ! Si j'avais vingt ans, ce serait une affirmation stupide, mais j'en ai près de cinquante, Miss Wright, et cela signifie que j'ai droit à un peu de bonheur. Je fais enfin tout ce que j'ai toujours voulu faire, et que je n'avais jamais eu le temps ou l'occasion d'accomplir – et je suis *seul* ! Pas de femme, pas de famille, aucun lien d'aucune sorte. Pas même un chien. Seulement moi. Et j'adore cela ! Devoir le partager gâcherait tout. En fait, je vais même construire une fichue grande grille en travers de ma route, là-haut, pour bloquer le monde entier, à l'extérieur. Me marier ? Pas même dans un moment de délire.

— Ce ne serait pas pour très longtemps, suggéra Missy d'un ton calme.

— Un seul jour serait encore de trop, Miss Wright

— Je comprends ce que vous éprouvez, monsieur Smith, et je le dis sincèrement. J'ai moi aussi mené une vie confinée, et j'en ai souffert. Mais je ne puis imaginer un seul instant que votre existence ait été aussi terne, aussi morne et dépourvue de tout événement que la mienne l'est depuis ma naissance. Oh ! je ne veux pas dire que j'ai été maltraitée, ou traitée moins bien que les autres dames de Missalonghi. Nous menons toutes la même vie morne et fastidieuse. Mais j'en suis fatiguée, monsieur Smith ! Je veux vivre un peu avant de mourir ! Pouvez-vous comprendre cela ?

— Diable, qui ne le comprendrait pas ? Mais si vous êtes d'humeur à faire des demandes en mariage, pourquoi ne pas mettre le couteau sur la gorge d'un des veufs ou célibataires de Byron ? Il doit bien y en avoir quelque part, que diable !

Sa solide écorce se renforçait à chaque mot, et il commençait à sentir qu'il allait se tirer de cette embarrassante situation sans perdre ni sa liberté ni sa dignité.

— Ce serait un destin pire qu'à Missalonghi, car cela ne ferait aucune différence. Je vous ai choisi parce que vous menez exactement le genre de vie auquel j'aspire – loin des gens, loin des maisons, de l'arrogance et des commérages. Croyez-moi, monsieur Smith, je n'ai aucune intention d'encombrer votre vie – au contraire, je veux libérer la mienne ! Je ne serai pas un boulet. En fait, je m'engagerai à vous laisser tranquille la plupart du temps. Et puis ce ne serait pas pour toujours, je vous le promets. Un an. Juste une petite année !

— Ainsi donc, après un an de l'existence que vous rêvez de mener, vous allez tout arrêter et sagement retourner à la vie que vous détestez ?

Il était sceptique.

Missy redressa sa maigre carrure avec une profonde dignité.

— Il ne me reste qu'un an à vivre, monsieur Smith.

Il semblait affreusement désolé pour elle, comme s'il savait désormais tout ce qu'il y avait à savoir sur elle. Elle poussa son avantage sans attendre.

— Je comprends fort bien votre réticence à partager ce paradis – s'il était à moi, je le garderais avec le même soin jaloux. Mais essayez de considérer mon point de vue, je vous en prie ! J'ai trente-trois ans, et je n'ai jamais rien connu de ce que la plupart des femmes de mon âge croient tout naturel d'avoir, ou même souhaiteraient ne pas avoir. Je suis une vieille fille ! C'est là le destin le plus affreux qu'une femme puisse subir, car cela va de pair avec la misère et l'absence de beauté. Si je n'avais eu que l'une de ces deux tares, il se serait bien trouvé un homme disposé à m'épouser, mais ne posséder ni argent ni beauté, c'est être totalement indésirable. Pourtant, je *sais* que si seulement je pouvais franchir ces obstacles, j'aurais beaucoup à offrir, ce que la plupart des femmes n'ont pas parce qu'elles n'en ont nul besoin. Et vous bénéficierez de tous ces avantages, monsieur Smith, car je serais liée à vous par la gratitude et la reconnaissance, en plus de l'amour. Je regrette de ne pouvoir en ce moment même trouver un moyen de vous prouver combien peu vous perdriez en m'épousant, et combien vous y gagneriez d'avantages que vous ne soupçonnez même pas. J'ai du bon sens, et aucune prétention quant à mon importance. Et j'essaierais de toutes mes forces d'être la meilleure des compagnes, en même temps que la plus aimante.

Il se leva brusquement, et alla se poster sur le seuil, les mains dans le dos.

— Les femmes, dit-il, sont des menteuses, des tricheuses, des fourbes, et des sottes. Je serais ravi de ne plus jamais en voir une seule, jusqu'à la fin de mes jours. Quant à l'amour – je ne *veux* pas être aimé ! Je veux seulement qu'on me laisse en paix ! (Ce cri du cœur lui parut d'abord suffisant mais, après un moment de réflexion, il ajouta :) Comment pourrais-je être sûr que vous me dites la vérité ?

— Eh bien, monsieur Smith, vous n'êtes pas vraiment le premier sur la liste des hommes à marier qui vivent à Byron ! J'ai entendu sur votre compte toutes sortes de descriptions : pour certains, vous êtes un ancien forçat, pour d'autres un excentrique, et tout le monde sait que vous n'êtes pas riche. Alors pourquoi vous mentirais-je ? (Elle ouvrit son sac et en extirpa le papier soigneusement plié qu'elle avait subtilisé sur le bureau du Dr Parkinson, puis se leva et traversa la pièce pour rejoindre John Smith.) Tenez. Lisez cela. Vous savez que je suis malade, puisque vous étiez présent lors de ma première crise. Et quand je vous ai rencontré l'autre jour en me promenant, je suis certaine de vous avoir dit que je devais aller voir un spécialiste à Sydney. Eh bien, voici son diagnostic. Je l'ai volé, parce que je ne veux pas que ma mère et ma tante sachent que je suis malade. Je ne veux pas devenir un sujet d'angoisse pour elles, je ne veux pas être forcée de rester au lit et de subir tous leurs soins. Je leur ai donc dit que j'avais un nerf spinal coincé et j'ai bien l'intention de m'en tenir à cette version. La seconde raison pour laquelle j'ai volé ce papier vous concerne. Je savais que j'allais vous demander de m'épouser, et qu'il me faudrait apporter la preuve de ma sincérité. Il n'y a pas d'autre nom dessus que celui du médecin, mais, si vous regardez bien, vous verrez qu'aucun nom n'a été effacé non plus.

Il prit le papier, le déplia, le lut rapidement, et se retourna vers elle.

— Vous êtes affreusement maigre, mais je vous trouve en parfaite santé, déclara-t-il.

Missy réfléchit rapidement, priant pour qu'il ne soit pas expert dans les questions médicales.

— Eh bien, entre mes crises, je suis en assez bonne santé ! Ce n'est pas le genre de maladie de cœur qui affaiblit tout le corps, mais plutôt comme… comme… des petites attaques. Les valves… se coincent… et… quand cela arrive, le sang cesse de circuler. Et je suppose que c'est cela qui me tuera. Je n'en sais pas davantage – les médecins ne veulent jamais rien vous dire. Sans doute trouvent-ils qu'il est déjà assez cruel de vous apprendre que vous allez mourir. (Elle poussa un soupir, et se lança dans un morceau de bravoure avec l'aplomb d'une grande actrice.) Je m'éteindrai un jour comme une flamme ! (Ses yeux se posèrent mélancoliquement sur ceux de John Smith.) Je ne veux pas mourir à Missalonghi ! s'écria-t-elle d'une voix déchirante. Je veux mourir entre les bras de l'homme que j'aime !

John Smith essaya une nouvelle tactique.

— Et si vous demandiez l'avis d'un second médecin ? Tout le monde peut se tromper.

— À quoi bon ? riposta Missy. Si je n'ai plus qu'une année à vivre, je ne veux pas la gâcher en me traînant de médecin en médecin ! (Une grosse larme roula sur sa joue, tandis que d'autres lui montaient aux yeux, menaçant de suivre le chemin emprunté par la première.) Oh ! monsieur Smith, je veux vivre ma dernière année *heureuse* !

Il grogna comme un homme condamné.

– Pour l'amour du ciel, ne pleurez pas !

– Et pourquoi donc ? dit Missy entre deux sanglots, tout en fouillant sa manche, à la recherche de son mouchoir. Je crois que j'ai tous les droits de pleurer !

– Eh bien pleurez, bon sang ! dit-il, exaspéré, et il sortit.

Missy laissa retomber ses mains sur ses genoux et le suivit des yeux tandis qu'il traversait la clairière à grands pas. Lorsqu'il eut disparu, elle retourna tête basse à sa chaise et continua de pleurer, sans autre public qu'une grosse mouche bourdonnante. Une fois calmée, elle ne savait que faire. Allait-il revenir ? Se cachait-il quelque part, attendant de la voir partir pour pouvoir rentrer chez lui ?

Tout à coup, elle se sentit très fatiguée, et fort découragée. S'être donné tant de mal, et aucun résultat. À quoi bon les encouragements d'Una ! À quoi bon le rapport volé ! À quoi bon sa brillante vision de l'avenir ! Elle soupira, et jamais elle n'avait soupiré avec autant de bonnes raisons, et jamais elle n'avait soupiré autant. Inutile de rester là. Il ne voulait pas d'elle.

Elle quitta la baraque sans faire de bruit, et prit bien soin de refermer la porte. Il était deux heures passées, et elle allait devoir parcourir quatorze kilomètres à pied, tout en montée, tout en terrain difficile ; il serait bien tard quand elle rentrerait à Missalonghi.

— Eh bien, je ne regrette pas d'avoir essayé, dit-elle à voix haute. Cela en valait la peine, je le *sais*.

— Miss Wright !

Elle fit volte-face, soudain brûlante d'espoir.

— Attendez, je vais vous ramener chez vous

— Merci, je peux marcher, répondit-elle, sans raideur ni hauteur, juste avec son habituel ton de politesse neutre.

Il l'avait déjà rejointe, et il lui prit le bras.

— Non, il est trop tard et c'est une route trop dure, surtout pour vous. Installez-vous là, pendant que j'attelle.

Et il la fit asseoir sur la même souche que celle où elle l'avait attendu.

Elle était vraiment trop fatiguée pour discuter, et peut-être aussi trop fatiguée pour affronter la marche, de sorte qu'elle ne protesta pas. Quand il fut prêt, il la souleva pour l'installer dans la charrette, aussi facilement qu'il eût fait d'un enfant.

— Voilà qui vient prouver ce que je me disais dernièrement, dit-il en manœuvrant l'attelage pour s'engager sur le chemin. Il me faut un véhicule plus petit, un sulky ou un tilbury. C'est assommant d'être obligé de prendre les deux chevaux et une grosse charrette quand je n'ai pas de gros chargement.

— Oui, vous avez sûrement raison, dit-elle d'une voix absente.

— Fâchée ?

Elle se tourna vers lui, avec une expression de pure surprise.

— Non ! Pourquoi le serais-je ?

— Eh bien, vous n'avez pas eu beaucoup de chance, hein ?

Elle rit, pas très joyeusement, mais avec sincérité.

— Pauvre monsieur Smith, vous ne comprenez pas du tout.

— J'en ai bien peur, en effet. Qu'y a-t-il de drôle ?

— Je n'avais rien à perdre. Rien !

— Pensiez-vous vraiment que vous pourriez gagner ?

— J'étais sûre de gagner.

— Pourquoi ?

— Parce que c'était vous.

— Et qu'est-ce que cela signifie ?

— Oh… simplement que vous êtes très gentil. Un être bon.

— Merci.

Après cela, ils ne dirent plus grand-chose ; les chevaux avançaient à contrecœur sur le chemin qui traversait la forêt, sans comprendre pourquoi ils devaient s'éloigner de chez eux. Mais même quand ils parvinrent à la rude montée de la rampe, ils continuèrent sans protester, ce qui montra à Missy, très au fait des choses de la campagne, qu'ils connaissaient trop bien leur maître pour regimber. Il était pourtant gentil avec eux, et n'utilisait jamais son fouet ; il les dominait par la force de sa volonté.

— Je dois dire que cela se voit : vous n'êtes pas une Hurlingford, déclara-t-il soudain, à l'approche du terme du voyage.

— *Pas* une Hurlingford ? Qu'est-ce qui vous le fait penser ?

— Beaucoup de choses. Votre nom, pour commencer. Votre aspect. Votre maison, qui paraît abandonnée, et où le manque d'argent est criant. Votre gentille nature.

Il semblait n'admettre ce dernier point qu'à contrecœur.

— Tous les Hurlingford ne sont pas riches, monsieur Smith. En fait, je suis une Hurlingford, tout au moins du côté maternel. Ma mère et ma tante sont les sœurs de Maxwell et de Herbert Hurlingford, et les cousines germaines de Sir William.

Il se retourna pour la dévisager, tandis qu'elle lui expliquait la situation, puis il émit un long sifflement.

— Eh bien, au temps pour moi ! Un nid d'authentiques Hurlingford tout au bout de Gordon Road, et tirant le diable par la queue ! Que s'est-il donc passé ?

Et tout le reste du voyage, Missy régala John Smith du récit de la perfidie du premier Sir William, et de la perfidie conjuguée de tous ses successeurs.

— Je vous remercie, dit-il à la fin. Vous avez répondu à bien des questions que je me posais, et m'avez donné matière à ample réflexion. (Il arrêta ses chevaux devant le portail de Missalonghi.) Vous voici rentrée, à temps pour que votre mère ne s'inquiète pas.

Elle sauta à terre sans son aide.

— Merci, cher monsieur Smith. Et je maintiens ce que j'ai dit, vous êtes un homme très bon.

Pour toute réponse, il lui sourit en portant la main à son chapeau, puis fit tourner ses chevaux.

Octavia trouva le billet de Missy quand elle alla voir ce que faisait sa nièce. Il était là, très blanc sur le couvre-pieds marron, avec l'unique mot MÈRE tracé en majuscules. Son cœur se mit à battre jusque dans ses bottines ; les lettres qui commençaient par MÈRE ne contenaient jamais de bonnes nouvelles.

Quand elle entendit Drusilla franchir la porte d'entrée, elle se hâta donc de lui porter la lettre, ses yeux bleu pâle et protubérants déjà prêts à verser autant de larmes qu'en nécessiterait le contenu du billet.

— Missy est partie, et elle t'a laissé ce mot !

Drusilla fronça les sourcils, sans s'affoler.

— Partie ?

— *Partie !* Elle a emporté tous ses vêtements, et elle a pris notre sac en tapisserie.

Drusilla sentit sur ses joues un picotement et un tiraillement très désagréables ; elle arracha le message des mains d'Octavia et le lut à voix haute, afin qu'Octavia ne pût se méprendre sur le contenu :

« Chère Mère,

Pardonnez-moi de partir ainsi sans un mot, mais je pense vraiment qu'il vaut mieux que vous ne sachiez rien de mon projet, tant que j'ignore s'il va réussir ou non. Je rentrerai probablement demain ou le jour suivant, au moins pour une visite. Ne vous inquiétez pas, je vous en prie. Je ne cours aucun danger. Votre fille qui vous aime, Missy. »

Les larmes d'Octavia débordèrent, mais Drusilla ne pleura pas. Elle replia la lettre, l'emporta à la cuisine, et la posa sur le linteau de la cheminée.

— Il faut appeler la police, dit Octavia, larmoyante.

— Nous n'allons surtout rien faire de tel, rétorqua Drusilla, et elle plaça la bouilloire sur le fourneau. Mon dieu, que j'ai besoin d'une tasse de thé !

— Mais Missy pourrait être en danger !

— J'en doute beaucoup. Rien dans sa lettre n'indique la moindre folie. (Elle s'assit avec un soupir.) Octavia, sèche tes yeux, veux-tu ! Les événements de ces derniers jours m'ont enseigné que Missy est une personne de grande qualité. Je suis certaine qu'elle est en sécurité et que, demain sans doute, nous la reverrons. En attendant, nous ne dirons à personne que Missy a quitté la maison.

— Mais elle est quelque part toute seule, sans personne pour la protéger des Hommes !

— Peut-être Missy a-t-elle justement décidé qu'elle préférerait ne plus être protégée des Hommes, répliqua Drusilla. Maintenant fais ce que je te dis, Octavia. Cesse de pleurer, et prépare-nous du thé. J'ai beaucoup de choses à te dire, qui n'ont rien à voir avec la disparition de Missy.

La curiosité vint à bout de la détresse ; Octavia versa un peu d'eau chaude dans la théière, et la posa sur le fourneau.

— De quoi s'agit-il ? demanda-t-elle avec intérêt.

— Eh bien, j'ai donné à Cornelia et à Julia leur argent, et je me suis acheté une machine à coudre Singer.

— Drusilla !

Les deux dames restées à Missalonghi burent donc leur thé en discutant plus en détail des événements de la journée, après quoi elles retournèrent à leur routine, puis se retirèrent chacune dans sa chambre.

« Mon Dieu, pria Drusilla à genoux, je vous en prie, aidez Missy et protégez-la ; donnez-lui la force dans toutes les adversités. Amen. »

Après quoi elle se mit au lit, le seul lit à deux places, comme il convenait à la seule dame mariée. Mais un long moment s'écoula avant qu'elle parvienne à fermer les yeux.

L'orgue avait sauvé Missy ; lorsque John Smith l'avait déposée à Missalonghi, nul n'entendit la charrette arriver ni repartir, et nul n'entendit Missy contourner la maison pour traverser le potager en direction de l'étable. Elle n'avait guère la place de s'y cacher, mais elle dissimula le sac en tapisserie derrière un sac de fourrage, puis quitta l'étable pour attendre au verger que sa mère eût trait la vache. Reconnaissant son pas, la vache s'était mise à mugir mais, avant que Bouton d'Or soit vraiment agitée, Drusilla apparut avec le seau.

Missy se blottit derrière le plus gros tronc de pommier et ferma les yeux, en regrettant de n'avoir pas une maladie de cœur incurable, et de préférence assez avancée pour qu'elle n'eût pas à voir se lever le matin.

Elle n'abandonna sa cachette qu'à la nuit noire ; ce fut l'air froid et pénétrant du printemps dans les Montagnes Bleues qui la chassa finalement du verger ; elle alla chercher refuge dans la chaleur relative de l'étable. Bouton d'Or était allongée sur ses pattes repliées, et mâchait placidement de l'herbe, les pis confortablement vides. Missy étendit par terre un sac propre et se pelotonna contre le flanc chaud et gargouillant de Bouton d'Or.

Elle aurait évidemment dû rassembler son courage et pénétrer dans la maison dès que John Smith avait disparu mais, quand elle avait voulu gravir les marches du perron, ses pieds lui avaient fait défaut. Comment pouvait-elle raconter à sa mère qu'elle avait demandé un étranger en mariage et, pour sa peine, essuyé un refus ? Et sinon, quelle histoire convaincante aurait-elle pu imaginer ? Missy n'était pas inventeuse d'histoires, seulement lectrice. Peut-être pourrait-elle avouer demain matin, se disait-elle, éperdue de souffrance et de chagrin ; mais ce serait infiniment pis, après une nuit passée ailleurs que sous le toit de Missalonghi. Qui voudrait jamais croire qu'elle avait dormi avec une *vache* ? Rentre immédiatement, lui chuchotait la meilleure part d'elle-même ; mais la moins bonne part ne trouvait pas la force d'obéir.

Les larmes longtemps retenues coulèrent alors, car Missy était épuisée, mais moins par ses efforts physiques que par la terrible explosion de volonté qui l'avait envoyée voir John Smith.

« Oh ! Bouton d'Or, sanglotait-elle, que vais-je faire ? »

Bouton d'Or répondit par un simple grognement.

Et peu après Missy s'endormit.

Le coq de Missalonghi la réveilla environ une heure avant l'aube, d'un retentissant coup de clairon qu'il lança juste au-dessus de sa tête, perché sur une poutre. Elle se releva d'un bond, effarée, puis se laissa retomber contre son oreiller vivant dans un nouvel élan de souffrance éperdue. Elle n'avait pas faim, elle n'avait pas soif. Mais qu'allait-elle faire ? Oh ! qu'allait-elle faire ?

Pourtant, quand vint l'aube, elle avait pris sa décision, et elle se leva avec détermination. Sortant du sac sa brosse et son peigne, elle arrangea sa tenue du mieux qu'elle put mais, quand elle eut fini, elle s'aperçut avec effroi qu'elle sentait très fort la vache.

Rien ne bougeait à Missalonghi lorsqu'elle se glissa le long de la maison, et par la fenêtre de sa mère elle entendit une série de petits ronflements. Tout allait bien.

Elle redescendit dans la vallée de John Smith, sans plus rien de l'enchantement rêveur de la veille, ni de l'irrépressible bonheur qu'elle avait éprouvé quand tout lui avait paru destiné à finir bien. Cette fois, Missy partait avec peu d'espoir, mais avec une ferme détermination ; il ne lui dirait plus non, même si elle devait passer toutes les nuits de l'année à venir dans l'étable de sa mère, avec Bouton d'Or pour seule compagnie, et toutes ses journées à redescendre dans la vallée de John Smith pour lui proposer chaque jour le mariage. Car elle recommencerait, et demain s'il disait non aujourd'hui, et le jour suivant, et celui d'après…

Il était près de dix heures quand elle parvint enfin à la clairière et à la cahute ; le même filet de fumée s'échappait de la cheminée, mais pas plus de John Smith que la veille. Elle s'assit sur la souche, et attendit.

Peut-être avait-il, lui aussi, oublié la faim, quand vint midi sans qu'il reparût, Missy se résigna à attendre jusqu'au soir. Le soleil avait depuis longtemps disparu derrière les hautes murailles, la lumière s'estompait rapidement, quand il rentra chez lui. Plus grave que la veille, mais tout aussi aveugle à la présence de Missy, assise sur sa souche.

— Monsieur Smith !

— Dieu de l'enfer ! (Il approcha pour la dévisager, sans colère, mais sans aménité non plus.) Que faites-vous encore ici ?

— Voulez-vous m'épouser, monsieur Smith ?

Cette fois, il ne lui prit pas le bras pour la conduire dans la cabane ; il la regarda dans les yeux quand elle se leva, et lui demanda :

— Y a-t-il quelqu'un qui puisse m'y forcer ?

— Non.

— Est-ce donc tellement important pour vous ?

— C'est toute ma vie. Je ne rentrerai pas chez moi ! Je reviendrai ici chaque jour, pour vous répéter ma demande

— Vous jouez avec le feu, Miss Wright, dit-il en serrant très fort les lèvres. Ne vous est-il jamais venu à l'esprit qu'un homme pourrait recourir à la violence, si une femme refuse de le laisser en paix ?

Elle lui offrit un sourire séraphique.

— Certains hommes, peut-être. Mais pas vous monsieur Smith.

— Que cherchez-vous vraiment ? Et si je vous disais que j'accepte de vous épouser ? Serais-je le mari que vous souhaitez, un homme que vous aurez harcelé jusqu'à ce qu'il ne sache plus que faire pour avoir la paix... céder, ou vous étrangler ? (Sa voix se durcit.) Dans ce vaste monde, Miss Wright, vit une méchante chose qui s'appelle la *haine*. Je vous en conjure, ne la faites pas surgir !

— Voulez-vous m'épouser ?

Il grimaça, souffla violemment, et releva la tête pour regarder, loin au-dessus d'elle, quelque chose qu'elle ne pouvait pas voir. Et il resta ainsi sans rien dire pendant un long moment. Puis il haussa les épaules, et baissa les yeux vers elle.

— Je reconnais que j'ai beaucoup pensé à vous depuis hier, et même les travaux les plus durs n'ont pu m'en empêcher. Je commençais même à me demander si ce n'était pas un moyen d'expier qui m'était ainsi offert, et si ma chance ne risquait pas de s'envoler parce que j'avais repoussé l'offre.

— Expier ? Expier quoi ?

— C’est une façon de parler. Tout le monde a quelque chose à expier. Nul n’est exempt de fautes. En vous imposant ainsi à moi, vous créez une cause d’expiation, comprenez-vous ?

— Oui.

— Mais cela ne change rien ?

— Je prendrai de bon cœur tout ce qui m’arrivera, monsieur Smith, pourvu que je puisse vous prendre avec.

— Eh bien, d’accord. Je vous épouserai.

Toute la souffrance et la fatigue de Missy s’évanouirent alors

— Oh ! merci, monsieur Smith ! Vous ne le regretterez pas, je vous le promets !

Il grogna.

— Vous êtes une enfant, Miss Wright, et non une femme adulte, et sans doute est-ce pourquoi je cède au lieu de vous étrangler. Je ne puis honnêtement pas croire qu’il y ait en vous la moindre fourberie femelle. Mais ne me donnez pas l’occasion de changer d’avis.

Il lui prit alors le bras, donnant le signal de la marche.

— Je dois vous demander une faveur, monsieur Smith, dit-elle.

— Quoi ?

— J’aimerais que nous ne parlions jamais du fait que je vais mourir, et que cela n’influence jamais notre comportement. Je veux être libre !

Et je ne pourrai pas être libre si tout me rappelle sans cesse que je vais mourir.

— Accordé, déclara John Smith.

Ne voulant pas forcer sa chance, car elle sentait bien qu'elle était allée aussi loin que le lui permettait la prudence, Missy entra dans la cabane et alla aussitôt s'asseoir sur l'une des deux chaises, tandis que John Smith se postait sur le seuil, pour regarder les premières effilochures de brume au ras de terre, dans le bleu de la nuit.

Elle contemplait en silence son large dos qui, en cet instant, semblait d'une extrême éloquence. Mais au bout de cinq minutes elle s'aventura à demander d'une petite voix humble :

— Et maintenant, monsieur Smith ?

Il sursauta comme s'il avait oublié sa présence et alla s'asseoir en face d'elle, à la table. Dans la pénombre, il avait le visage lourd, rigide et souligné d'ombres, un peu intimidant. Mais quand il parla, ce fut d'une voix assez aimable, ayant sans doute décidé qu'il était inutile de se rendre encore plus malheureux que la situation ne l'exigeait.

— Je m'appelle John, dit-il, et il se leva pour aller allumer ses deux lampes, qu'il plaça de manière à bien voir le visage de Missy. Quant à l'affaire qui nous occupe, nous demanderons une dispense, et nous nous marierons.

— Combien de temps cela prendra-t-il ?

Il haussa les épaules.

— Je ne sais pas, s'il n'y a pas de bans à publier. Deux jours ? Peut-être même moins, avec une dispense spéciale. En attendant, je ferais mieux de vous reconduire.

— Oh non ! Je reste ici, dit Missy.

— Si vous restez, vous risquez fort d'entamer prématurément votre lune de miel, observa-t-il, reprenant espoir.

Quelle bonne idée ! Elle allait peut-être décider qu'elle n'aimait pas cela ! Après tout, la plupart des femmes n'y tenaient guère. Et puis il pourrait la mener un peu durement, pas vraiment la violer, mais la forcer un peu ; une vierge de cet âge devait facilement s'effrayer. Arrivé à ce point de ses réflexions, il commit l'erreur de la regarder pour voir comment elle réagissait. Et voilà qu'elle le contemplait avec une tendresse aveugle et sotte, pauvre petit être mourant, tel un chiot éperdu d'affection. Le cœur en sommeil de John Smith remua, piqué par une souffrance amère et inhabituelle. Car elle l'avait bel et bien hanté toute la journée, malgré la charge accablante de labeur qu'il s'était imposée pour chasser son image et la remplacer par le vide bienfaisant de l'épuisement physique. Il avait ses secrets, certains si profondément ensevelis qu'il pouvait se dire en toute vérité qu'il n'en avait jamais souffert, qu'il avait entamé une vie nouvelle. Mais, depuis le matin, quelque chose l'avait agacé, mordillé, rongé, et l'immense plaisir que lui procurait sa vallée avait disparu. Peut-être fallait-il qu'il expie ; peut-être était-ce pour cela qu'elle était venue. Mais, franchement, il n'avait rien à expier qui fût si énorme, si décourageant. Non. Vraiment pas, non, oh non !

Cela n'allait peut-être pas lui plaire. Mets-la dans ton lit, John Smith, montre-lui ce qu'est vraiment le domaine du corps, pénètre le sien et dégoûte-la du tien. C'est une femme.

Mais voilà que Missy aimait cela, et manifestait même de surprenantes aptitudes. Encore un clou dans le cercueil de John Smith ! dut-il s'avouer, quelques heures après que lui et Missy se furent mis au lit sans souper. Les surprises ne cessaient donc jamais ! Cette vierge vieillissante était faite pour cela ! Bien qu'effroyablement ignorante au début, elle n'était ni honteuse ni timide, et ses chaleureuses réactions le touchaient, l'émouvaient, l'empêchaient d'être cruel ou méchant avec elle. La petite coquine ! Pas question de rester plantée là, inerte avec les jambes ouvertes ! Et puis quelle *vie* elle avait en elle, n'attendant qu'à être mise en perce ! Soudain, la pensée de sa mort imminente le choqua ; c'était une chose d'avoir pitié d'une inconnue, et tout autre chose d'affronter le même problème avec quelqu'un qu'il connaissait intimement. C'était le problème, avec ces histoires de lit qui faisaient d'étrangers des intimes, et bien plus rapidement que dix ans de politesse au salon autour du thé.

Missy dormit comme un loir et s'éveilla longtemps avant John, sans doute parce qu'il avait cherché le sommeil jusque fort avant dans la nuit. Il avait à réfléchir davantage.

Une faible lueur apparaissait à la fenêtre, et Missy se glissa sans bruit hors du lit, frissonnant jusqu'à ce qu'elle eût sorti sa robe de chambre du sac. Comme cela avait été charmant ! Plus réaliste qu'elle ne l'eût soupçonné, elle chassa de ses souvenirs les premiers désagréments de la douleur, pour ne se rappeler que les caresses apaisantes de ces mains rudes et puissantes. Ces sensations, ces baisers, ces frôlements, cette chaleur et cette lumière – oh oui, c'était délicieux !

Elle s'efforçait de ne faire aucun bruit en s'affairant dans la cabane, ravivant le feu du fourneau et mettant la bouilloire à chauffer ; mais cette activité finit néanmoins par réveiller John, et il se leva à son tour, sans se soucier de voiler sa nudité. Missy eut ainsi une occasion sans pareille d'étudier les différences anatomiques entre l'homme et la femme.

Plus exquise encore que ces observations fut la réaction de John en sa présence. Il s'approcha d'elle, l'enveloppa dans ses bras, et la berça doucement, encore un peu ensommeillé et lourd contre elle. Elle sentait sa barbe lui gratter le cou.

— Bonjour, chuchota-t-elle, posant des petits baisers tendres sur son épaule.

— Bonjour, dit-il, appréciant visiblement les réponses de Missy.

Elle mourait de faim, car elle n'avait rien mangé depuis près de deux jours.

— Je vais préparer le petit-déjeuner, annonça-t-elle.

— Voulez-vous prendre un bain ?

Il semblait plus éveillé, mais sans chercher à s'écarter d'elle.

Il avait dû sentir Bouton d'Or ! Oh ! le pauvre ! Missy oublia sa faim.

— Oh oui ! Et aussi des toilettes.

— Chaussez-vous.

Pendant qu'elle glissait ses pieds dans ses bottines sans se donner la peine de les lacer, il fouilla dans un grand coffre et en tira deux serviettes, vieilles et rêches, mais propres.

La clairière, encore plongée dans l'ombre, scintillait de gelée mais, en levant les yeux, Missy vit que les grandes murailles de grès rougeoyaient déjà au soleil levant, et que le ciel prenait un éclat laiteux et nacré – comme la peau d'Una. Partout les oiseaux chantaient et s'appelaient, saluant l'aube avec exubérance.

— Les toilettes sont un peu primitives, dit-il en lui montrant l'endroit où il avait creusé un trou profond, entouré de blocs de pierre en guise de siège, avec des feuilles de journaux empilées dans une boîte pour qu'elles restent sèches ; il n'avait construit ni murs ni toit.

— Ce sont les toilettes les mieux aérées que j'aie jamais vues, répondit-elle.

Il rit.

— Long séjour, ou bref ?

— Bref, merci.

— Alors je vous attends. Là-bas.

Il désigna l'autre extrémité de la clairière.

Quand Missy le rejoignit une minute plus tard, elle frissonnait déjà à l'idée de plonger dans l'eau glacée de la rivière ; John semblait tout à fait le genre d'homme à aimer les ablutions vivifiantes. Je vais peut-être me prendre à mon propre piège, songea-t-elle, et tomber raide morte de saisissement.

Mais au lieu de l'emmener vers la rivière, John Smith l'entraîna vers un bosquet de fougères géantes et de clématites blanches en pleine floraison. Là, elle découvrit la plus féerique salle de bains du monde, une source chaude qui jaillissait d'une fissure entre deux rochers, trop délicate pour qu'on pût l'appeler cascade, et retombait dans un large bassin aux parois tapissées de mousse.

Missy ôta son peignoir et entra dans l'eau limpide et chaude, d'où s'élevaient de fines volutes de vapeur. Il y avait près d'un mètre de profondeur, avec un fond rocheux lisse et propre. Et pas de sangsues en vue 1

— Allez-y doucement avec le savon, recommanda John Smith, en lui montrant la niche où il rangeait son savon aux senteurs si délicates. Manifestement, l'eau se renouvelle puisque le niveau du bassin ne monte pas et que la source ne cesse de couler, mais ne tentons pas le sort.

— À présent, je comprends pourquoi vous êtes si propre, déclara-t-elle, songeant aux bains de Missalonghi, avec dix centimètres d'eau – que l'on versait chaude avec la bouilloire, ou froide avec un seau – au fond de la baignoire rouillée. Et cette malheureuse ration d'eau servait aux trois dames de Missalonghi, Missy venant la dernière, puisqu'elle était la plus jeune.

Ignorante de son charme, elle sourit et leva les bras vers lui ; les pointes de ses seins délicats émergèrent de l'eau.

— Vous ne venez pas ? suggéra-t-elle d'un ton de tentatrice chevronnée. Il y a tout à fait la place !

Il n'avait guère besoin d'être encouragé, et il parut oublier la rigueur de ses principes quant à la production de mousse, trop occupé à s'assurer que ses mains armées du savon n'oubliaient aucune partie du corps de Missy, et celle-ci ne pensait d'ailleurs plus que ce zèle eût rien à voir avec Bouton d'Or. Elle se laissa faire avec un plaisir évident mais exigea ensuite de lui rendre la pareille, de sorte que le bain dura près d'une heure.

Pendant le petit-déjeuner, cependant, il aborda les sujets plus sérieux.

— Il doit y avoir un bureau d'état civil à Katoomba, dit-il. Nous irons donc y chercher une dispense pour le mariage.

— Si vous me déposez à Missalonghi, et si je vais ensuite à pied à la gare, je suppose que j'arriverai à Katoomba presque aussi vite en train que vous avec la charrette, dit Missy. Il faut que je voie ma mère, que j'achète quelques provisions, et que je rapporte un livre à la bibliothèque.

Il parut soudain s'alarmer.

— Vous ne prévoyez pas un grand mariage, j'espère ?

Elle éclata de rire.

— Non ! Juste vous et moi, cela me semble parfait. Mais j'ai laissé un mot à ma mère, et je veux m'assurer qu'elle ne s'inquiète pas trop. Et puis ma meilleure amie travaille à la bibliothèque – accepteriez-vous qu'elle vienne à notre mariage ?

— Oui, si vous le souhaitez. Mais je vous préviens que, si je réussis à convaincre les gens qui s'occupent de ces formalités, j'aimerais en finir dès aujourd'hui.

— À Katoomba ?

— Oui.

Mariée en *marron* ! Il ne manquait plus que cela, soupira Missy.

— D'accord, si vous me promettez une chose

— Quoi ? demanda-t-il d'un ton las.

— Quand je mourrai, voudrez-vous m'enterrer en robe de dentelle rouge ? Ou, si vous n'en trouvez pas, n'importe quelle couleur sauf le marron !

Il s'étonna.

— Vous n'aimez pas le marron ? Mais je ne vous ai jamais vue porter autre chose.

— Je m'habille en marron parce que je suis pauvre mais respectable. Sur le marron, la saleté ne se voit pas ; le marron n'est jamais à la mode ni démodé, il ne pâlit jamais, et il n'est jamais vulgaire ni voyant.

Il rit de cette tirade, puis revint aux choses sérieuses.

— Avez-vous un certificat de naissance ?

— Oui, dans mon sac.

— Quel est votre vrai prénom ?

Cette question provoqua en elle une étrange réaction ; elle s'empourpra, se tortilla sur sa chaise, et serra les dents.

— Ne pouvez-vous pas m'appeler simplement Missy ? C'est le nom qu'on m'a toujours donné, je vous jure.

— Allons, tôt ou tard je finirai par savoir votre vrai nom. (Il sourit.) Soyez brave, libérez-vous une bonne fois ! Voyons, ce ne peut pas être si terrible.

— Missalonghi.

Il éclata de rire.

— Vous vous moquez de moi !

— Hélas non !

— Comme votre maison ?

— Exactement. Mon père trouvait que c'était le plus beau nom du monde, et il détestait l'habitude Hurlingford d'utiliser des prénoms latins. Ma mère voulait m'appeler Camilla, mais il a exigé Missalonghi.

— Pauvre petit bout de femme !

Cette fois, les pieds de Missy ne se rebellèrent pas lorsqu'ils durent gravir les marches du perron de Missalonghi ; elle frappa vigoureusement à la porte, comme si elle avait été une étrangère en visite.

Et de fait, quand Drusilla vint ouvrir, elle contempla d'abord sa fille comme si ç'avait été une étrangère. Non, elle n'avait visiblement aucun mal ! Et même, elle avait meilleure mine que jamais.

— Je sais ce que tu as fait, ma fille, dit-elle, précédant Missy dans le vestibule, en direction de la cuisine. J'aurais préféré que tu te contentes de lectures sur ces questions, mais à quoi bon pleurer sur le lait renversé, n'est-ce pas ? Reviens-tu pour de bon ?

— Non.

Octavia accourut en boitillant et Missy, rayonnante, l'embrassa sur les deux joues.

— Tu vas bien ? demanda la vieille dame d'une voix tremblante en s'agrippant convulsivement aux mains de sa nièce.

— Bien sûr qu'elle va bien ! répliqua Drusilla. Regarde-la donc, pour l'amour du ciel !

Missy sourit tendrement à sa mère ; comme c'était étrange d'avoir dû attendre que le cordon l'attachant à Missalonghi fût coupé pour comprendre la force de l'amour qu'elle éprouvait pour sa mère. Mais peut-être pouvait-elle maintenant prendre assez de recul pour voir les soucis, les difficultés, les angoisses de Drusilla.

— Je vous remercie infiniment, Mère, de m'accorder assez de dignité pour estimer que je sais ce que je fais.

— À près de trente-quatre ans, Missy, si tu ne sais pas ce que tu fais, il ne reste guère d'espoir.

Tu as essayé nos méthodes assez longtemps, et qui peut dire si les tiennes ne seront pas meilleures ?

— Très juste. Mais ce que vous me dites maintenant est bien éloigné de l'époque où vous me dictiez quels livres je pouvais lire, et quelles couleurs je pouvais porter.

— Tu l'as pourtant accepté bien docilement.

— Oui, c'est sans doute vrai.

— On a le gouvernement qu'on mérite, Missy, Toujours.

— Si vous admettez cela, Mère, ne pensez-vous pas qu'il serait grand temps de rassembler toutes les femmes seules de la famille, pour mettre un terme aux injustices et inégalités flagrantes qui règnent actuellement chez les Hurlingford ?

— Depuis que tu nous as révélé combien Billy nous avait menti, Missy, je t'assure que j'y pense sérieusement. Et j'en ai discuté avec Julia et Cornelia. Mais aucune loi n'oblige un homme – ou une femme – à répartir également ses biens entre ses fils et ses filles. Pour moi, les plus coupables ont été les femmes Hurlingford fortunées… rien ne va à leurs filles, pas même une maison sur trois malheureux hectares de terrain ! Et j'ai donc toujours considéré que nous n'avions aucune chance, si même les femmes de notre propre sang sont aussi solidaires des hommes du clan. C'est triste, mais c'est ainsi.

— Vous parlez des femmes Hurlingford qui ont tout à perdre si vous gagnez. Mais je vous parle de nos sœurs victimes, et je sais que vous pouvez les convaincre de réagir, si vous le voulez vraiment. La loi vous autorise à réclamer des réparations pour ces dividendes impayés, et je pense que vous devriez entamer des poursuites contre l'Oncle Herbert, afin de l'obliger à fournir tous les détails de ses divers investissements. (Missy lança un regard grave à sa mère.) Après tout, Mère, c'est vous qui venez de le dire – on a le gouvernement qu'on mérite.

Elle quitta Missalonghi pour se rendre à Byron. Quelle journée merveilleuse ! Pour la première fois de sa vie, elle se sentait vraiment bien, avec cette impression d'avoir le cœur qui déborde, cette impression dont elle avait si souvent lu la description, mais qu'elle n'avait jamais encore éprouvée ; et pour la première fois de sa vie, elle se réjouissait à la perspective de vivre longtemps. Mais elle se rappela soudain que la pleine mesure de son bonheur dépendait de John Smith, et que John Smith ne s'attendait à devoir la supporter que pendant un an au plus. Elle avait triché, menti, et volé, pour connaître un tel bonheur, et elle ne le regrettait pas du tout. Les Alicia n'avaient qu'à claquer des doigts pour que les hommes de leur choix se précipitent à leurs pieds, mais inutile de s'imaginer qu'un homme comme John Smith aurait lancé le moindre regard sur une Missy Wright malgré tous les claquements de doigts du monde ! Et pourtant, elle *savait* qu'elle pouvait faire de John Smith l'homme le plus heureux – sinon de la terre – du moins de la ville de Byron. Et elle avait tout intérêt à réussir ! Car quand l'année serait écoulée, il faudrait qu'il désire très fort la voir survivre pour qu'il puisse lui pardonner les mensonges, les tricheries et les vols.

L'heure avançait, et Missy devait absolument attraper le train de onze heures pour Katoomba, où John Smith avait promis qu'il l'attendrait à la gare Les provisions pouvaient attendre jusqu'au lendemain, mais elle avait le sentiment que sa visite à Una ne pouvait être reportée. Elle se rendit donc à la bibliothèque.

Une somptueuse voiture automobile roulait doucement au milieu de la rue lorsque Missy s'engagea d'un pas pressé dans Byron Street, vêtue de sa robe en drap marron, plus banale que jamais Bien qu'elle fût également de couleur marron, on ne pouvait en dire autant de l'automobile, et une foule admirative, formée de gens du bourg aussi bien que de visiteurs, s'était rassemblée sur les deux trottoirs. En jetant un coup d'œil amusé, Missy s'aperçut que le chauffeur dépassait nettement les deux passagers pour ce qui était de l'arrogance hautaine. Elle le connaissait par ouï-dire, un beau gars qui aimait mieux soigner son aspect que s'échiner au travail, et qui avait la réputation de fort mal traiter ses nombreuses conquêtes féminines. Quant aux passagers, elle les connaissait par sa douloureuse expérience personnelle : Alicia et l'Oncle Billy.

Le regard d'Alicia croisa le sien. L'instant d'après, la somptueuse voiture se rangea le long du trottoir, et Alicia et l'Oncle Billy s'élancèrent dehors, avant que le chauffeur étonné ait eu le temps de venir leur ouvrir la portière.

— Qu'est-ce que c'est que cette histoire, Missy Wright ? Prendre les actions de Tante Cornelia et les vendre à notre insu ? cria Alicia sans préambule, ses joues d'albâtre marquées chacune d'un fond rouge feu.

— Et pourquoi pas ? répondit calmement Missy.

— Parce que cela ne te regarde pas ! hurla l'Oncle Billy, raide de fureur.

— Cela me regarde autant que vous, mon Oncle. Je savais où je pourrais obtenir dix livres pièce des actions de Tante Cornelia, et à quoi lui servaient ces papiers, puisque vous lui aviez fait croire qu'ils ne valaient rien ? Tante Cornelia a grand besoin d'être opérée des pieds, et elle ne pouvait se le permettre car je suppose, Alicia, que tu refusais de lui donner le temps ou l'argent nécessaires. J'ai donc vendu ses actions pour cent livres, et maintenant elle peut se faire opérer. Et si tu veux la renvoyer, elle dispose d'assez d'argent à la banque pour vivre en attendant de trouver un autre emploi – et je suis sûre qu'il ne manque pas de boutiques à Katoomba qui seraient ravies d'engager une personne de sa qualité. Cela vous intéressera sûrement de savoir que j'ai également vendu les actions de Tante Julia, de Tante Octavia, et de ma mère.

— *Quoi ?* cria Sir William.

— Toutes ? Tu les as toutes vendues ? glapit Alicia, et les taches rouges disparurent instantanément de ses joues.

— Bien sûr, toutes. (Missy fixa sur sa cousine un regard d'une malveillance dont elle ne se serait pas crue capable.) Voyons, Alicia, tu ne vas pas me dire que quarante malheureuses petites actions de la fameuse grande Compagnie de la Bouteille Byron suffisaient à maintenir l'équilibre !

Pendant un moment de confusion, il sembla à Alicia que Missy avait soudain des cornes et une queue fourchue.

— Qu'est-ce qui t'arrive ? cria-t-elle. Tu es devenue folle ! Tu saccages ma robe, tu dis des horreurs sur moi devant ma famille, et à présent tu voues cette famille à la ruine ! Il faut te faire enfermer !

— Je regrette seulement de n'en avoir pas fait assez pour que ce soit toi qu'on enferme. Et maintenant, veuillez m'excuser, mais je suis pressée. J'ai rendez-vous pour me marier.

Et Missy s'éloigna, la tête haute.

— Je crois que je vais m'évanouir, annonça Alicia et, joignant le geste à la parole, elle s'affaissa contre la vitrine de l'Oncle Herbert, celle où étaient exposés les vêtements de travail.

Sir William profita de l'occasion pour entourer Alicia de son bras, tout en tournant la tête afin d'appeler son chauffeur à l'aide ; mais tandis qu'ils la soutenaient tous deux pour la ramener à la voiture, ce furent les mains dégantées du chauffeur qui parvinrent à vérifier le volume et la forme exquise des seins d'Alicia. La foule, pendant ce temps, s'était accrue et même enrichie de tous les fils et les petits-fils de l'Oncle Herbert, de sorte que Sir William poussa Alicia dans la voiture sans cérémonie, et ordonna au chauffeur de démarrer immédiatement.

Lorsque son futur beau-père voulut délacer son corset en soulevant la robe et en farfouillant dans sa culotte de batiste, Alicia revint brusquement à elle.

— Arrêtez, vieux débauché ! s'écria-t-elle, oubliant toute notion de tact. (Et elle se pencha en avant, la tête entre les mains.) Mon dieu, que je me sens mal !

— Veux-tu rentrer, puisque nous n'avons plus besoin d'aller à Missalonghi ? suggéra Sir William, le visage écarlate.

— Oui, volontiers.

Elle s'adossa au siège et laissa l'air frais lui éventer le visage ; elle finit par se détendre, et soupira. Dieu merci ! elle commençait à se sentir mieux.

Juste devant elle, mais de l'autre côté de la vitre qui séparait l'arrière de la place découverte du conducteur, la tête fière du chauffeur se dressait sur son cou musclé ; quelles jolies oreilles il avait, pour un homme, petites et bien collées contre le crâne. Il était beau, brun comme Missy, et tout aussi étranger. Il fallait être costaud pour la soulever aussi aisément qu'il l'avait fait, et puis ces mains qu'il avait posées sur sa poitrine – elle sentit la pointe de ses seins se raidir à ce souvenir, et se tortilla douloureusement sur la banquette.

Comment s'appelait-il ? Frank ? Oui, Frank. Frank Pellagrino. Il avait travaillé à l'usine de mise en bouteilles, avant d'être engagé comme chauffeur de l'Oncle Billy.

Un coup d'œil en biais révéla à Alicia que Sir William, assis très droit, était extrêmement inquiet.

— Ces quarante actions font-elles donc une telle différence pour nous ?

— Elles font toute la différence, car nous savons maintenant que Richard Hurlingford a vendu ses parts le mois dernier. (Sir William poussa un soupir.) Et cela explique pourquoi le mystérieux acheteur a eu l'audace de convoquer une assemblée extraordinaire pour demain.

— La petite sotte ! gronda Alicia. Comment peut-elle être aussi sotte ?

— C'est plutôt nous qui sommes des sots, Alicia. Pour ma part, je n'avais jamais prêté attention à Missy Wrigth, mais je m'aperçois maintenant que j'aurais dû me méfier d'elle. Ainsi que de toutes les dames de Missalonghi. As-tu remarqué l'air qu'elle avait, ce matin ? N'a-t-elle pas dit qu'elle avait rendez-vous pour se marier, ou bien ai-je rêvé ?

Alicia ricana.

— Oui, elle l'a dit, mais je crois plutôt que c'était elle qui rêvait. (Un chagrin plus urgent lui revint à l'esprit.) Cette vieille sotte de Tante Cornie ! s'exclama-t-elle. Oh ! comme j'aurais aimé la flanquer à la porte, ce matin, pendant qu'elle me rebattait les oreilles de ses actions et du congé qu'elle allait prendre pour se faire opérer !

— Et pourquoi ne l'as-tu pas mise à la porte ?

— Parce que je ne peux pas, voilà pourquoi ! Mon magasin de chapeaux pourrait bien un jour être ma seule source de revenus, si la situation s'aggrave à l'usine. Et jamais je ne trouverai une employée qui soit à moitié aussi compétente qu'elle pour tenir la boutique, même si je devais la payer dix fois plus que Tante Cornie ! Elle est… indispensable.

— Prie pour qu'elle ne s'en aperçoive jamais sans quoi elle te demandera de la payer dix fois plus que maintenant. (La voix de Sir William se colora soudain de satisfaction, pour ajouter :) Et ce jour-là, ma chère, si tu n'en as pas les moyens, ce sera à toi d'aller vendre tes chapeaux au magasin. Mais tu t'en tireras encore mieux que Cornie.

— Je ne pourrai jamais ! s'écria Alicia. Je perdrais toute considération ! C'est une chose d'être le génie créatif, c'en est une autre de devoir vendre soi-même la marchandise. (Elle tira les revers de son manteau rose pâle, figeant son joli visage dans l'expression boudeuse que la construction même de ses traits rendait fatalement aisée.) Oh ! Oncle Billy, j'ai soudain l'impression de marcher sur la glace, et de risquer à chaque instant de m'effondrer !

— Nous sommes dans une mauvaise passe, c'est vrai ! Mais ne te laisse pas abattre, nous n'avons pas dit notre dernier mot. Des centaines de livres dépensées pour des nèfles ! Lorsque le mystérieux acheteur se présentera demain à cette assemblée extraordinaire, nous saurons enfin si c'est un paysan parvenu et s'il se laissera facilement manipuler par plus malin que lui. Et pour ce genre d'exercice, tu seras bien utile.

Alicia ne répondit rien, et se contenta de lui lancer un regard où se mêlaient le doute et le dégoût ; puis ses yeux retournèrent se poser sur la tête du chauffeur, spectacle autrement plus prometteur que le comportement colérique de Sir William.

En arrivant à la bibliothèque, Missy s'attendait à y trouver Una, bien que ce ne fût pas son jour de service. Et naturellement, Una était là.

— Oh ! Missy ! Que je suis heureuse de vous voir ! s'écria-t-elle en bondissant de son siège. J'ai une surprise pour vous.

— Et j'en ai moi-même quelques-unes pour vous, dit Missy.

— Attendez-moi là, j'en ai pour deux secondes.

Una s'esquiva dans le cagibi à thé, et revint chargée d'une grande boîte blanche et d'un carton à chapeau également blanc, chacun noué d'un ruban blanc.

— Tous mes vœux pour tout, ma très chère Missy.

Elles échangèrent un long sourire de parfaite compréhension et de profonde affection.

— Ce sont une robe et un chapeau en dentelle rouge, devina Missy.

— Ce sont une robe et un chapeau en dentelle rouge, confirma Una.

— Je vais les porter à mon mariage.

— John Smith ! Vous avez exactement choisi l'homme qu'il vous fallait !

— J'ai dû recourir au mensonge et à la duperie pour l'attraper.

— Et pourquoi pas, s'il n'y avait pas d'autre moyen ?

— Je lui ai dit que j'allais mourir d'une maladie de cœur.

— N'est-ce pas notre cas à toutes ?

— Là, dit Missy, vous coupez les cheveux en quatre ! Pouvez-vous venir à mon mariage ?

— Cela m'enchanterait, mais je ne peux pas.

— Pourquoi ?

— Ce serait déplacé.

— À cause de votre divorce ? Mais nous ne nous marions pas à l'église, alors qui pourrait trouver à y redire ?

— Cela n'a rien à voir avec le divorce, mon chou. Mais je ne pense pas que John Smith apprécierait de voir à son mariage un visage du passé.

C'était logique, et Missy renonça. Il ne restait plus grand-chose à dire ; aucun mot n'aurait pu exprimer sa gratitude, et elle avait hâte de s'en aller. Una la contemplait douloureusement, comme si Missy s'apprêtait à emporter avec elle un bien si précieux que la vie d'Una dût ensuite en souffrir à jamais – et ce bien n'était point si tangible qu'une robe et un chapeau en dentelle rouge. Mue par une impulsion qu'elle ne comprenait pas, Missy revint sur ses pas, se pencha par-dessus le bureau, et prit Una dans ses bras pour l'embrasser sur la joue. Une joue si frêle, si froide, si légère !

— Au revoir, Una.

— Au revoir, chère et merveilleuse amie. Soyez heureuse !

Missy sauta dans un wagon à l'instant du départ, et aperçut John Smith sur le quai de Katoomba avant même l'arrêt complet du train. Il n'avait donc pas changé d'avis, pendant sa lente progression sur la grand-route. Et en l'aidant à descendre de voiture, il parut même fort heureux de la revoir.

— Ils vont nous donner une dispense de bans et nous marier aujourd'hui même, annonça-t-il en prenant les cartons des mains de Missy.

— Et je ne serai pas obligée de me marier en marron, déclara Missy en reprenant ses cartons. Si vous voulez bien m'excuser, je vais faire un saut dans les toilettes de la gare pour mettre ma robe de mariée.

— Une robe de *mariée ?*

Il baissa les yeux sur sa chemise de flanelle grise et son vieux pantalon de velours avec une expression de désarroi comique.

Missy éclata de rire.

— Ne craignez rien, ce n'est pas une robe traditionnelle. En fait, je vous promets même que vous serez infiniment plus correct que moi.

La robe lui allait à ravir. Una avait vraiment l'œil ! Et quelle merveilleuse couleur ! Elle en était tout éblouie, à force de se contempler. Où diable Una avait-elle pu dénicher un vêtement d'une coupe aussi élégante, et d'une couleur aussi extravagante ?

Le miroir accroché au mur semblait avoir quelque chose de magique, car il donnait une touche de beauté à quiconque s'y regardait ; en ajustant son chapeau rouge saugrenu, Missy trouva qu'elle avait grande allure. Son teint mat devenait soudain intéressant, et son corps maigre élancé comme un jeune arbre. Oui, vraiment grande allure ! Et plus rien d'une vieille fille !

Une fois surmontée la surprise provoquée par tout ce rouge, John Smith trouva aussi qu'elle avait grande allure.

— Ah, voilà un mariage comme je les aime ! J'ai l'air d'un plouc, et vous d'une sous-maîtresse. (Il lui prit allégrement le bras.) Allons, finissons-en avant que je ne change d'avis.

Ils parcoururent Katoomba Street sous les regards curieux de tous les passants, et ravis de faire sensation.

— C'était facile, déclara Missy quand ce fut fini et qu'ils se retrouvèrent ensemble dans la charrette de John Smith. (Elle tendit la main pour regarder son alliance.) Je suis désormais Mme John Smith. Comme cela sonne bien !

— Je dois dire que c'était beaucoup mieux que la dernière fois.

— Votre premier mariage était donc une bien grande affaire ?

— Un vrai cirque, oui. Deux cent cinquante invités, la mariée avec une traîne de dix mètres – il fallait tout un régiment de petits morveux pour la tenir ! Douze ou treize demoiselles d'honneur, tous les hommes déguisés en queue-de-pie, l'archevêque ou je ne sais quoi pour faire bonne mesure, un chœur nombreux comme une armée – Dieu du ciel, sur le moment, ce fut un cauchemar ! Mais, comparé à la suite, c'était une idylle paradisiaque ! (Il lui lança un regard en biais, en haussant un sourcil.) Vous avez envie d'entendre cette histoire !

— Je pense qu'il vaudrait mieux. On dit toujours que la seconde femme doit affronter le fantôme de la première, et qu'il est bien plus difficile de lutter contre un fantôme que contre un être vivant. (Elle se tut un instant pour rassembler son courage.) Vous était-elle… chère ?

— Quand je l'ai épousée, peut-être – franchement, je ne m'en souviens plus. Je ne la connaissais pas, voyez-vous. J'avais seulement entendu parler d'elle. Sans doute avait-elle décidé de devenir ma femme, car je suis sûr et certain de ne jamais l'avoir demandée en mariage. Je semble être le genre de type que les femmes demandent en mariage ! Votre façon de présenter l'affaire ne m'a pas choqué, au moins c'était franc et carré. Mais elle, tantôt elle me couvait comme une mère poule, tantôt elle me traitait comme un pestiféré. On appelle cela souffler le chaud et le froid. Les femmes s'imaginent sans doute que c'est ce que l'on attend d'elles, qu'elles doivent se conduire ainsi, faute de quoi la vie serait trop facile pour le type. Et là, je dois dire que c'est ce que j'aime chez vous, madame Smith. Vous ne soufflez absolument pas le chaud et le froid.

— J'ai bien trop de gratitude, répondit humblement Missy. Mais continuez ! Que s'est-il passé ensuite ?

Il haussa les épaules.

— Oh ! elle a décidé qu'il lui appartenait de prendre toutes les décisions, que seuls *ses* désirs comptaient. Une fois le gibier capturé, il n'avait plus aucune importance. Mon seul rôle consistait à prouver qu'elle pouvait attraper du gibier, à lui conférer de la respectabilité, et à lui servir d'escorte de temps à autre. Elle n'avait pas vraiment d'amants, mais plutôt ce qu'on appelle des sigisbées, de petits crétins efféminés, avec des gardénias à la boutonnière et des cheveux plus lustrés que leurs chaussures vernies. Si quelqu'un a jamais mérité d'être jugé à l'aune de la compagnie qu'il se choisissait, c'est bien ma première épouse – ses amies femmes étaient dures comme des cailloux, coriaces comme de vieux godillots, et ses amis masculins mous comme une motte de beurre, flasques comme des laitues flétries. Elle aimait se moquer de moi. Devant tout le monde et n'importe qui. J'étais terne, j'étais lourdaud. Et jamais elle ne gardait ses reproches pour l'intimité ! Elle formulait ses récriminations n'importe où, et de préférence dans les lieux publics. En un mot, elle me méprisait.

— Et vous ? Comment la jugiez-vous ?

— Je la *haïssais*.

Manifestement, il la haïssait encore, car la véhémence de son ton ne convenait guère à l'évocation d'une expérience enfouie dans le passé.

— Combien de temps êtes-vous resté marié ?

— Quatre ou cinq ans.

— Avez-vous eu des enfants ?

— Seigneur, non ! Elle aurait pu perdre sa ligne. Et cela signifiait bien sûr qu'elle était experte en câlineries, baisers et agaceries, mais pour que j'arrive à la toucher, il fallait qu'elle soit soûle ! Et ensuite elle criait, elle piaillait, elle vociférait, affolée à l'idée des éventuelles conséquences. Pour finir, elle filait chez le médecin que ses amies et elle avaient apprivoisé et qu'elles consultaient toutes.

— Et elle est *morte* ? demanda Missy, pouvant à peine croire qu'une femme pareille ait pu faire l'objet d'une telle considération.

— Un soir, nous avons eu une querelle terrible à propos de… je ne sais plus quoi, un sujet idiot et sans importance. Nous habitions une maison qui donnait sur le port et, apparemment, après mon départ, ma femme décida d'aller se baigner pour se calmer un peu. On a retrouvé son corps deux semaines plus tard, échoué sur la plage de Balmoral.

— Oh ! la pauvre !

Il grommela.

— La pauvre… façon de parler ! La police a essayé par tous les moyens de me coller sa mort sur le dos, mais heureusement j'étais sorti dès qu'elle avait cessé de hurler, et j'avais rencontré un ami vingt mètres plus loin sur la route. Il avait été chassé de son lit, lui aussi. Nous sommes donc allés ensemble là où il se rendait… chez un ami commun, un célibataire, l'heureux veinard. Nous y sommes restés jusque bien après midi le lendemain, à nous enivrer copieusement. Et comme les domestiques l'avaient vue vivante et en bonne santé plus d'une demi-heure après mon arrivée chez mon ami, la police n'a rien pu contre moi. De toute façon, l'autopsie a prouvé qu'elle était morte noyée, sans aucune trace de violence. Cela n'a pourtant pas empêché bon nombre de gens, à Sydney, de croire que je l'avais tuée – ce qui m'a valu une réputation de type trop malin pour se faire prendre, et à mes amis, celle de gars qui s'étaient laissé corrompre pour me fournir un alibi.

— Quand ces événements se sont-ils déroulés ?

— Il y a une vingtaine d'années.

— C'est très loin ! Et qu'avez-vous fait depuis ? Pourquoi vous a-t-il fallu attendre si longtemps pour réaliser enfin votre rêve ?

— Eh bien, j'ai quitté l'Australie dès que la police m'a laissé tranquille. Et j'ai erré autour du monde. L'Afrique, le Klondike, la Chine, le Texas. J'ai dû vivre près de vingt ans en exil volontaire. Comme j'étais né à Londres, j'ai fait changer mon nom là-bas et quand je suis revenu en Australie, j'étais un citoyen en règle, John Smith, avec toute ma fortune en or, et sans passé.

— Mais pourquoi *Byron ?*

— À cause de la vallée. Je savais qu'elle allait être mise en vente, et j'avais toujours désiré posséder une vallée entière.

Sentant qu'elle ne devait pas abuser, Missy changea de sujet et lui raconta les tricheries qui se manigançaient à la Compagnie de la Bouteille Byron, avec la triste situation qui en résultait pour sa mère et ses tantes. John Smith l'écoutait très attentivement, avec un petit sourire au coin des lèvres, et quand elle eut fini son récit, il lui passa le bras autour des épaules, l'attira contre lui, et l'y maintint blottie.

— Voyez-vous, madame Smith, la première fois que vous avez abordé ce sujet, je ne voulais vraiment pas vous épouser, mais j'avoue que je me réconcilie un peu plus avec l'idée du mariage chaque fois que vous ouvrez la bouche. Vous êtes une femme de bon sens, un brave cœur, et vous êtes une Hurlingford du clan Hurlingford, ce qui me donne un surcroît de pouvoir que je ne m'attendais guère à obtenir. C'est intéressant de voir comme les événements évoluent.

Missy passa le reste du voyage dans un état de silencieuse extase.

Le lendemain matin, John Smith revêtit un costume, avec col dur et cravate, le tout parfaitement coupé, et d'une étrange élégance.

— Quel que soit votre programme, ce doit être bien plus important que votre mariage, observa Missy sans la moindre acrimonie.

— Ça l'est, en effet.

— Partez-vous loin ?

— Simplement pour Byron.

— Si je fais vite, alors, puis-je vous accompagner jusque chez ma mère, s'il vous plaît ?

— Bonne idée ! Attendez-moi là-bas jusqu'au soir, et vous pourrez me présenter à ma belle-famille quand j'irai vous chercher. J'aurai sans doute beaucoup de choses à leur dire.

« Tout ira bien, songeait Missy, en robe et chapeau rouges, assise à côté de son époux étrangement élégant, en remontant la côte. Tant pis si je l'ai eu par des manigances et des tricheries. Il est content, il est vraiment content et, sans même s'en apercevoir, il s'est déjà poussé un peu pour me faire une place à ses côtés. Quand mon année sera finie, je pourrai lui avouer la vérité. Et puis, avec un peu de chance, je lui aurai déjà donné un enfant. Il a beaucoup souffert d'avoir une première femme qui n'en désirait pas et, maintenant qu'il approche de la cinquantaine, les enfants vont prendre une importance accrue. Ce sera un excellent père, car il sait rire. »

Avant de partir pour Byron, il l'avait emmenée, de l'autre côté de la clairière, voir l'endroit où il comptait construire sa maison. La cascade tombait de si haut que, les jours de grand vent, avant même d'atteindre le sol, l'eau se dispersait dans l'air, formant des nuées d'arcs-en-ciel. Il y avait cependant un vaste bassin au pied de cette chute, large et calme jusqu'à l'endroit où il se déversait par un étroit goulot, pour devenir cette rivière au cours tourmenté ; un bassin couleur de turquoise ou de faïence égyptienne, opaque comme le lait, et dense comme un sirop. Toute cette eau, lui expliqua-t-il, provenait d'une grotte creusée sous la falaise, où une grande rivière souterraine prenait également sa source.

— Il y a là un affleurement de grès, dit-il, ce qui explique la couleur bizarre de l'eau du bassin.

— Et c'est vraiment là que nous allons vivre, face à toutes ces splendeurs ?

— Là que *je* vivrai, en tout cas. Je doute que vous soyez encore là pour le voir. (Son visage se crispa.) Les maisons ne se construisent pas en un jour, Missy, surtout quand on travaille seul. Je ne veux pas d'une horde d'ouvriers qui urineraient dans le bassin et se soûleraient le samedi, et qui iraient ensuite raconter à tous les curieux ce qui se passe dans ma vallée.

— Je croyais qu'il était convenu de ne pas mentionner mon état ? Quoi qu'il en soit, vous ne travaillerez pas seul, je vous aiderai, déclara Missy avec enthousiasme. Le travail de force ne me rebute pas, et le bungalow est trop petit pour m'occuper beaucoup. D'après ce qu'a dit le médecin, peu importe que je reste au lit ou que je travaille comme un terrassier – cela arrivera un jour, voilà tout.

Il l'embrassa comme si cela lui était déjà indispensable, comme si elle lui était devenue un peu précieuse. Ils se mirent en route pour Byron plus tard qu'ils ne l'avaient prévu, mais ni l'un ni l'autre ne le regrettait.

Octavia et Drusilla étaient à la cuisine quand Missy entra. Elles la dévisagèrent d'un œil stupéfait, s'efforçant de détailler en même temps cette glorieuse robe de dentelle rouge éclatante, sans parler de l'énorme chapeau incliné sur la tête, avec son insolente touffe de plumes d'autruche écarlates.

Elle ne s'était pas, du jour au lendemain, muée en merveille de la nature, mais elle avait assurément quelque chose de singulier qui retenait l'attention, et elle avait un maintien trop fier pour qu'on pût la confondre avec une cocotte. En réalité, elle ressemblait bien davantage à une dame de Londres en visite qu'à une pensionnaire de Caroline Lamb Place. Il ne faisait non plus aucun doute que cette couleur lui seyait admirablement.

— Oh ! Missy, tu es ravissante ! s'écria Octavia en se hâtant de s'asseoir.

Missy embrassa les deux femmes.

— C'est bon à savoir, ma Tante, car je dois dire que je ne me suis jamais sentie aussi bien ! (Elle leur adressa un sourire triomphant.) Je suis venue vous annoncer que je suis mariée.

Et elle leur montra sa main gauche.

— Avec qui ? demanda Drusilla, rayonnante.

— John Smith. Nous nous sommes mariés hier à Katoomba.

Drusilla et Octavia n'attachaient soudain plus la moindre importance au fait que toute la ville de Byron qualifiât cet homme d'ancien forçat ou pis encore ; il avait sauvé leur Missy des multiples horreurs du célibat, et pour cela méritait d'être aimé avec gratitude, respect, et loyauté.

Octavia bondit de sa chaise pour mettre l'eau à chauffer, avec plus d'aisance et d'agilité qu'elle n'en avait eu depuis des années, mais Drusilla ne s'en aperçut pas ; elle était trop occupée à contempler l'alliance de sa fille, d'une épaisseur solide et convaincante.

— Madame John Smith, dit-elle pour s'exercer. Mais, Missy, c'est très distingué !

— La simplicité est toujours distinguée.

— Où est-il ? Quand viendra-t-il nous rendre visite ? demanda Octavia.

— Il a des affaires à régler à Byron, mais il espère en avoir terminé d'ici la fin de l'après-midi, et il veut faire votre connaissance lorsqu'il viendra me chercher. Je pensais, Mère, que pour occuper la journée, nous pourrions aller ensemble à Byron. Je dois faire quelques provisions, et je veux aller chez l'Oncle Herbert choisir des étoffes pour mes nouvelles robes. Car plus jamais je ne porterai de marron ! Même pas pour travailler ! Je travaillerai en pantalon et chemise d'homme, car c'est infiniment plus pratique et plus confortable ; et puis qui me verra, après tout ?

— N'est-ce pas une chance, Drusilla, que tu aies acheté cette machine à coudre ? s'exclama Octavia, bien trop heureuse de la tournure que prenaient les événements pour s'inquiéter de cette affaire de pantalons.

Mais Drusilla était préoccupée par un sujet d'une telle importance que ni machine à coudre ni pantalons ne pouvaient l'en détourner.

— En as-tu les moyens ? demanda-t-elle avec anxiété. Je pourrai te les faire, bien sûr, mais les étoffes sont si chères chez Herbert ! Surtout quand on s'écarte du marron !

— Il semblerait que j'en aie tout à fait les moyens, Mère. John m'a dit hier soir qu'il déposerait ce matin mille livres à mon nom, à la banque. Parce qu'il dit qu'une femme ne doit pas être obligée de réclamer à son mari le moindre sou dont elle a besoin, ni de lui rendre compte du moindre sou qu'elle dépense. Tout ce qu'il m'a demandé, c'est de ne pas dépasser la somme qu'il m'alloue… mille livres par an ! Pouvez-vous seulement imaginer cela ? Et l'entretien de la maison n'y entre pour rien. Il a placé cent livres dans une boîte à café vide, et il dit qu'il l'alimentera régulièrement, mais qu'il ne veut pas voir les comptes. Oh, Mère, j'en ai encore le souffle coupé !

— Mille livres ! Octavia et Drusilla dévisageaient Missy avec un respect apeuré.

— Ce doit être un homme riche, alors, conclut Drusilla, et elle se livra à de brefs calculs mentaux, pour se voir finalement en position de damer le pion à Aurelia, Augusta, et Antonia. Ah ! Non seulement Missy avait battu Alicia au poteau, mais on pouvait commencer à dire qu'elle avait aussi fait une meilleure affaire.

— J'imagine qu'il est aisé, corrigea Missy. Je sais que sa générosité à mon égard est le signe d'une réelle fortune, mais je soupçonne qu'il est surtout un homme très généreux. Et je compte bien ne jamais, jamais l'embarrasser en devenant trop dépensière. Toutefois, j'ai vraiment besoin de quelques vêtements convenables – pas marron ! – deux robes d'hiver et deux pour l'été me suffiront. Oh ! Mère, c'est si beau, dans la vallée ! Je n'ai aucun désir de mener une vie sociale, je ne souhaite qu'être seule avec John !

Drusilla parut soudain troublée.

— Missy, j'ai si peu de chose à t'offrir en cadeau de mariage. Mais je pense, Octavia, que nous pourrions nous passer de la génisse de Jersey, n'est-ce pas ?

— Nous pouvons *certainement* nous en passer, déclara Octavia.

— Alors là, dit Missy, voilà ce que j'appelle un beau cadeau de mariage ! Nous serons si heureux d'avoir la génisse.

— Nous l'enverrons d'abord au taureau de Percival, reprit Octavia. Son temps approche, maintenant : tu n'auras pas trop à attendre. Et avec un peu de chance, elle te donnera encore un veau l'an prochain !

Drusilla lança un coup d'œil à l'horloge de la cuisine.

— Si tu comptes aller chez Herbert et chez Maxwell, Missy, je suggère que nous nous mettions en route. Peut-être pourrons-nous même trouver le temps d'aller déjeuner au salon de thé de Julia, et nous lui apprendrons la nouvelle. Mon dieu, qu'elle va être étonnée !

Octavia fit quelques petits mouvements prudents, et ne ressentit aucune douleur.

— Je viens aussi, déclara-t-elle d'un ton décidé. Pas question, en un tel jour, de vous laisser partir sans moi. Même si je dois marcher sur les mains, c'est dit, je viens.

Et c'est ainsi qu'en fin de matinée Drusilla flânait dans le centre de Byron avec sa fille d'un côté, et sa sœur de l'autre.

Ce fut Octavia qui avisa Mme Cecil Hurlingford sur l'autre trottoir ; cette dame était l'épouse du Révérend Cecil Hurlingford, ministre de l'Église d'Angleterre de Byron, une femme dont tout le monde redoutait la langue acérée.

— Tu meurs de curiosité, hein, vieille chipie ? marmonna Octavia entre ses dents, en saluant d'un sourire glacial, afin que Mme Cecil Hurlingford réfléchisse à deux fois avant de traverser la rue pour voir ce qui arrivait au troupeau de Missalonghi.

Drusilla acheva alors de dérouter Mme Cecil Hurlingford en éclatant de rire, et en pointant un doigt tremblant dans la direction de l'épouse du pasteur.

— Oh, Octavia, Mme Cecil n'a pas reconnu Missy ! Elle s'imagine sûrement que nous traînons avec nous une de ces femmes de Caroline Lamb Place !

Les trois dames de Missalonghi pleuraient de rire, et Mme Cecil Hurlingford trottina jusqu'au salon de thé pour échapper à toute cette allégresse déplaisante, qui était apparemment dirigée contre *elle*.

— Quelle bonne farce ! gloussa Octavia.

— Plus on rit, mieux c'est, annonça Missy en entrant dans le magasin de Herbert Hurlingford.

L'expérience fut merveilleusement stimulante, entre l'Oncle Herbert, qui roula des yeux effarés lorsque Missy commanda des pantalons et des chemises d'homme pour elle, et la terreur paralysante de James lorsqu'elle lui fit tailler des longueurs de taffetas bleu lavande, de soie abricot, de velours couleur d'ambre, et de drap de laine cyclamen. Se ressaisissant un peu lorsque Missy le quitta pour aller au rayon des tissus, Herbert se demanda un instant s'il ne devrait pas chasser cette effrontée de son magasin ; mais, voyant qu'elle payait ses achats en or, il se contenta de faire humblement sonner son tiroir-caisse. Aussi stupéfiante que fût la visite de Missy, il n'y prêta qu'une attention distraite, car la majeure partie de son esprit n'était occupée que de l'usine de mise en bouteilles, et de l'assemblée extraordinaire des actionnaires qui se déroulait en ce moment même. Les Hurlingford qui possédaient des boutiques avaient demandé à Maxwell de les représenter, car c'était lui qui discourait le mieux, et il allait se battre pour eux aussi âprement que pour lui-même Mais le commerce devait continuer, surtout si l'usine et ses activités corollaires, comme l'établissement thermal, l'hôtel, et le reste, périclitaient auquel cas les magasins prendraient une importance considérable pour leurs propriétaires.

— Vous pourrez livrer cet après-midi à Missalonghi, James, déclara Missy avec grandeur, et elle fit sonner un souverain d'or sur le comptoir. Voici pour votre peine. Et pendant que vous y serez, passez donc chercher ma commande d'épicerie chez l'Oncle Maxwell. Venez, Mère, et Tante Octavia ! Allons déjeuner chez Tante Julia.

Les trois dames de Missalonghi sortirent de la boutique plus royalement encore qu'elles n'y étaient entrées.

— Oh ! que c'est amusant ! gloussa Octavia, dont la démarche était devenue presque normale. Je ne me suis jamais autant amusée !

Missy s'amusait aussi, mais moins simplement. Elle avait ressenti un pincement au cœur en découvrant que les mille livres avaient bel et bien été placées à la banque en son nom, et une émotion encore plus vive en se voyant prodiguer tant de civilités par Quintus Hurlingford, le directeur de la banque ; John Smith lui avait donné pour consigne de payer les retraits de Missy en or, puisque le dépôt était fait en or. Mille livres !

Eh bien, elle avait du tissu pour ses robes, des chemises et des pantalons, avec quelques jolies paires de chaussures par-dessus le marché. Elle n'avait vraiment besoin de rien d'autre. Si elle gardait cent de ces stupéfiantes mille livres, cela suffirait largement à la mener jusqu'à l'allocation de l'année suivante. Après tout, quand avait-elle jamais possédé plus d'un shilling ou deux ? Elle allait donc employer l'essentiel de cet argent à acheter une petite charrette et un poney pour sa mère et sa tante. Le poney ne mangerait pas tout l'herbage comme l'aurait fait un cheval, elles l'attelleraient aisément, et plus jamais elles ne seraient obligées d'aller nulle part à pied, faute de s'humilier en quémandant une aide. Oui, il fallait qu'elles puissent aller noblement au mariage d'Alicia, en joli cabriolet !

Les cent livres qu'avait reçues Julia pour ses actions étaient déjà engagées ; la moitié du salon de thé était fermée par une corde tendue, et deux ouvriers travaillaient à gratter et poncer les murs.

Dès qu'elle eut cessé de s'excuser pour le désordre, Julia se ressaisit suffisamment pour remarquer et goûter toute la splendeur de la tenue de Missy.

— Voilà une robe et un chapeau superbes, ma chère, dit-elle, mais la couleur n'est-elle pas un peu *bestiale ?*

— Tout à fait bestiale, convint obligeamment Missy, sans la moindre honte. Mais figurez-vous, Tante Julia, que je suis écœurée du marron. Et pouvez-vous imaginer une couleur plus opposée au marron que celle-ci ? D'ailleurs, cela me va au teint, n'est-ce pas ?

« Oui, mais cela va-t-il avec mon salon de thé ? » gémissait intérieurement Julia, brûlant de le dire à voix haute mais ayant songé qu'il serait impardonnable de critiquer sa bienfaitrice. Et puis, en raison des travaux, il n'y avait guère de clientes aujourd'hui ; elle n'avait qu'à prier pour que personne n'aille s'imaginer qu'elle ouvrait grand sa porte aux demoiselles de Caroline Lamb Place et à leurs semblables. Oh, mais ce devait être la cause des mimiques de Mme Cecil Hurlingford ! Oh ! mon dieu ! Mon dieu, mon dieu !

Cependant, elle avait conduit les dames de Missalonghi à sa meilleure table, et elle leur servit un assortiment de canapés et de gâteaux, avec un grand pot de thé.

— Je vais faire poser un papier à rayures creme or, et cramoisi, expliqua-t-elle en s'asseyant avec ses parentes, et les chaises seront retapissées avec un brocart assorti, mais plus vif. Je fais peindre les moulures du plafond en or, et il y aura des canaris dans des cages dorées et de grands palmiers en pots partout. Et maintenant, on va voir ce que les Voisins – sa tête eut un mouvement dédaigneux en direction du mur mitoyen avec le Café Olympus – répondront à *ça !*

Comme Drusilla, qui brûlait de parler, ouvrait enfin la bouche pour annoncer la nouvelle du mariage de Missy avec John Smith, et révéler que son gendre était un homme riche, et non un ancien forçat, Cornelia Hurlingford fit irruption dans la salle et vogua droit sur elles, faisant voleter derrière elle une profusion de foulards et de rubans, comme une queue de paon déployée.

Cornelia et Julia vivaient ensemble au-dessus du salon de thé, qui n'appartenait pas à Julia : elle versait un loyer fort élevé à son frère Herbert, qui lui affirmait régulièrement que, un jour, elle aurait suffisamment payé, entre le loyer et ce que lui avait rapporté la vente de sa maison et de ses trois hectares, pour acquérir son local.

Outre le logement, les deux sœurs célibataires partageaient toutes les bribes de nouvelles que leurs activités professionnelles leur procuraient, mais Cornelia, la moins émotive des deux, parvenait généralement à patienter jusqu'à la fermeture du *Chapeau d'Alicia* en fin de journée, Alicia ne lui permettant pas de quitter le magasin tant qu'il était ouvert. Pourtant, ce qu'elle avait à annoncer ce jour-là valait la peine d'affronter les foudres d'Alicia, et l'importance de la nouvelle qu'apportait Cornelia était telle qu'elle ne jeta à l'accoutrement écarlate de Missy qu'un coup d'œil distrait.

— Devinez, dit-elle, haletante, en s'affaissant sur une chaise, oubliant son rôle de première vendeuse follement élégante de la boutique de modiste la plus follement élégante.

— Quoi ? répondirent les dames, conscientes de toutes ces entorses à la règle, et préparées en conséquence à une étourdissante révélation.

— Alicia s'est enfuie ce matin avec le chauffeur de Billy !

— *Quoi ?*

— Si, si ! Elle s'est enfuie ! À son âge ! Ah ! ce cirque chez Aurelia, en ce moment ! Des crises de rage et d'hystérie dans tous les coins ! Le Petit

Willie a retourné toute la maison pour retrouver Alicia, parce qu'il ne voulait pas croire ce qu'elle lui avait écrit dans un billet, et Billy grondait comme un ouragan parce qu'il devait aller à je ne sais quelle réunion importante à l'usine, et tout ce qu'il voulait, c'était lancer la police aux trousses de son chauffeur ! Il a fallu transporter Aurelia raide comme une planche sur son lit. Ils avaient fait appeler l'Oncle Neville parce qu'elle avait eu le souffle coupé et qu'elle s'était évanouie. Et l'Oncle Neville lui a donné une gifle parce qu'on l'avait dérangé pour rien ! Il l'a traitée d'enfant gâtée, alors elle s'est mise à hurler, et elle hurle encore ! Quant à Edmund, il est assis sur une chaise et il ne bouge plus, sauf à cause de ses tics, et Ted et Randolph essaient de le secouer pour qu'il aille à la réunion, à l'usine. Mais le pire, c'est qu'Alicia et le chauffeur ont filé avec l'automobile toute neuve de Billy, comme si elle leur appartenait, a-t-on jamais vu cela ?

Cornelia acheva sa longue tirade sans reprendre son souffle, et la conclut d'un grand rire tonitruant auquel Missy et les autres se joignirent, ravies par le tour hilarant que prenaient les événements à Mon Repos. Après cette explosion de joie, l'atmosphère resta à l'allégresse mais le ton se calma, et l'on passa en revue, plus sereinement, mais avec autant de jubilation, tous les détails du mariage de Missy et de la fuite d'Alicia, sans parler du déjeuner.

John Smith arriva à Missalonghi juste avant cinq heures, et il semblait fort satisfait. Il serra la main de sa belle-mère avec beaucoup d'affabilité, mais se retint de l'embrasser, signe de bon goût qui recueillit toute l'approbation de Drusilla. Quant à Octavia, la poignée de main qu'il lui offrit la déçut, mais elle dut admettre, en le regardant vraiment pour la première fois, qu'il avait beaucoup d'allure. Évidemment, le costume n'était pas étranger à cette bonne impression, non plus que la coupe de cheveux et la barbe bien taillée. Oui, Missy avait tout lieu d'être fière de son choix et, du point de vue d'Octavia, ces quinze ans de différence le désignaient comme le mari idéal.

Il fit aussi très bon effet en étant d'emblée à son aise dans la cuisine, et en paraissant apprécier les effluves du gigot qui cuisait.

— J'espère que vous resterez, avec Missy, pour dîner ? proposa Drusilla.

— Avec la plus grande joie, dit-il.

— Et la route du retour ? N'est-ce pas un peu dangereux, à la nuit tombée ?

— Pas du tout. Les chevaux connaissent la route par cœur.

Confortablement assis sur son siège, il regarda sa femme, installée juste en face, qui le contemplait avec une expression de fierté rayonnante qu'il n'avait assurément jamais pu étudier chez sa première femme. Que les hommes étaient sots ! Ils couraient toujours après les jolies femmes, quand leur intelligence aurait dû leur dire que les moins jolies étaient de bien meilleures compagnes. D'ailleurs, elle était très bien, dans cet accoutrement rouge vif, pas belle, certainement pas jolie, mais intéressante. En effet, elle était le genre de femmes que la plupart des hommes aimeraient mieux connaître, car ils ne sont jamais sûrs de ce qu'il y a en elles. Du charme, nez retroussé et tout. Et à la voir là, éclatante de vie, on avait bien du mal à croire qu'elle pût mourir à tout instant. Son cœur se serra, étrange sensation. Demain. Demain ! N'y pense pas à l'avance ! Tu commences à y penser, et il ne faut pas ! Ne pense pas à sa sentence de mort comme à une vengeance cosmique contre toi !

Peut-être que s'il arrivait à la rendre assez heureuse, cela n'arriverait pas. Les miracles existaient, il en avait vu un ou deux dans ses voyages. Et le fait d'avoir été débarrassé de sa première femme tombait assurément dans la catégorie des miracles.

— Mesdames, il faut que je vous parle, dit-il, arrachant ses yeux et ses pensées de son épouse actuelle.

Trois visages se tournèrent aussitôt vers lui avec intérêt. Drusilla et Octavia cessèrent de s'affairer au fourneau, et vinrent s'asseoir.

— Il y a eu aujourd'hui une assemblée générale des actionnaires de la Compagnie de la Bouteille Byron, dit-il, et la direction de la société a changé de mains. Pour être précis, elle est passée dans les miennes.

— Les *vôtres* ? s'écria Missy.

— Oui.

— Vous êtes donc le mystérieux acheteur ?

— Oui.

— Mais pourquoi ? Oncle Billy disait que le mystérieux acheteur payait trop cher les actions pour pouvoir espérer y gagner quoi que ce soit ! Alors pourquoi ?

Il sourit, non sans charme ; pour la première fois depuis qu'elle l'avait rencontré, Missy voyait un John Smith différent, un John Smith puissant et dur, un John Smith qui ne devait pas connaître le mot pitié. Elle n'en fut ni effrayée ni désemparée, mais plutôt satisfaite. Il n'avait rien d'un réfugié vaincu par les dures péripéties d'une vie, rien d'un homme faible. Son aspect extérieur était détendu et insouciant, et certains pouvaient s'imaginer voir en cela de la faiblesse, même quand ils le connaissaient bien, et peut-être intimement. Comme sa première femme ? Oui, elle pouvait comprendre qu'une femme pût le juger inférieur à ce qu'il était vraiment, si cette femme était assez sotte, et uniquement préoccupée d'elle-même.

Mais il lui répondait, et elle concentra donc son attention sur ce qu'il disait.

— J'avais un compte à régler avec les Hurlingford. Je ne parle pas de la compagnie ici présente, bien sûr. Mais j'ai si bien tâté de l'arrogance des Hurlingford, assurés comme ils sont que leurs origines quasiment nobles de colons anglais libres les placent au-dessus des gens tels que moi, qui ont, du côté de leur mère, le boulet aux pieds et sont cent pour cent juifs du côté de leur père. Je dois reconnaître que je me suis délibérément attaqué aux Hurlingford, j'ai assez d'argent pour m'acheter une douzaine de Compagnies de la Bouteille Byron sans jamais en ressentir aucune gêne.

— Vous n'êtes pourtant pas de Byron, observa Missy, stupéfaite.

— C'est vrai. Mais ma première femme était une Hurlingford.

— Vraiment ! Comment s'appelait-elle ? demanda Drusilla, qui était la spécialiste du clan en matière de généalogie Hurlingford.

— Una.

Heureusement, Drusilla et Octavia étaient bien trop intéressées par ce que disait John Smith, et John Smith par ce qu'il disait, pour porter la moindre attention à Missy.

Elle était pétrifiée, incapable de bouger même un doigt. Una. *Una !*

Comment sa mère et sa tante pouvaient-elles rester là sans réagir à ce prénom, quand elles avaient reçu quelqu'un chez elles portant le même nom ? Avaient-elles oublié les biscuits, les documents ?

— Una, disait Drusilla. Voyons… Oui, ce devait être une des Marcus Hurlingford de Sydney, auquel cas Livilla Hurlingford est sa cousine germaine, et donc sa plus proche parente à Byron. Je ne l'ai jamais rencontrée, mais il est vrai qu'elle a péri voilà bien longtemps. Une noyade accidentelle, n'est-ce pas ?

— Oui, dit John Smith.

Était-ce donc cela ? Était-ce l'explication de ce mystère ? Était-ce pour cela qu'elle était là chaque fois que Missy avait besoin d'elle ? Était-ce pour cela que tant de petits incidents s'étaient fortuitement produits à la bibliothèque ? Les romans, menant tous à celui de la jeune fille qui mourait d'une maladie de cœur. Les actions sur le bureau. Les Pouvoirs. Una, si commodément juge de paix le moment venu. L'insolence et la joyeuse insouciance, si follement séduisantes pour quelqu'un d'aussi frustré que Missy. La robe et le chapeau rouges, *exactement* tels que les avait rêvés Missy, et même exactement à sa taille. La curieuse signification qu'elle était parvenue à donner à chacune de ses paroles, pour qu'elles imprègnent et fertilisent l'esprit de Missy comme de l'eau dans une terre desséchée. Una. Oh, Una ! Chère, merveilleuse Una !

— Mais son nom de femme mariée n'était absolument pas Smith, disait Drusilla. C'était beaucoup plus inhabituel, quelque chose comme Cardamome ou Thérébinth. C'était un homme très riche, si je m'en souviens bien, et c'était l'unique raison pour laquelle le second Sir William approuvait le mariage. Oui, je comprends qu'ils vous aient offensé, si c'était vous.

— C'était bien moi, et ils m'ont offensé.

— *Nous*, déclara Drusilla en tendant la main pour presser celle de son gendre, sommes enchantées de vous accueillir dans cette branche de la famille, mon cher John.

Le John dur avait disparu, et ses yeux fort doux, amusés, contemplaient sa belle-mère.

— Je vous remercie. J'ai changé mon nom, bien sûr, et je préférerais que vous n'évoquiez pas cette histoire ancienne.

— Elle ne sortira pas de Missalonghi, promit Drusilla, et elle soupira, certaine qu'il avait changé son nom pour se couper de tous ces souvenirs douloureux. Les sordides ramifications que Missy tenait de John Smith lui-même n'appartenaient donc pas à l'histoire des Hurlingford de Byron.

— La pauvre petite, soupira Octavia en hochant la tête, se noyer ainsi. Cela a dû vous frapper terriblement, John. Mais je suis quand même heureuse que les choses aient tourné ainsi, pour l'usine et tout. N'est-il pas curieux que vous soyez venu épouser une autre Hurlingford ?

— Cela m'a beaucoup aidé, aujourd'hui, déclara John Smith d'une voix paisible.

— Il y a Hurlingford et Hurlingford, observa très justement Drusilla. Una ne s'est peut-être pas révélée être l'épouse qu'il vous fallait, et peut-être vaut-il donc mieux qu'elle ait péri de bonne heure. Alors que Missy… Je crois qu'elle vous rendra heureux.

Il sourit et tendit le bras à travers la table pour prendre la main froide et inerte de Missy.

— Oui, je le crois aussi.

Il parvint à baiser les doigts tremblants en dépit de la distance qui les séparait, puis lui lâcha la main et reporta toute son attention sur Drusilla et Octavia.

— Quoi qu'il en soit, je contrôle désormais la Compagnie et toutes ses industries annexes, et je veux procéder à d'indispensables changements. Naturellement, je serai président du conseil d'administration, et Missy vice-présidente. Mais j'ai encore besoin de huit administrateurs. Ce qu'il me faut, c'est un groupe de personnes actives, qui s'intéresseront autant à la ville et aux gens de Byron qu'à l'usine elle-même. Aujourd'hui, j'ai reçu les voix nécessaires pour restructurer le conseil à ma guise, et je compte m'y prendre d'une manière si différente que, quand j'ai annoncé mes intentions, j'ai acquis de nouvelles actions ! Sir William, Edmund Marshall, les frères Maxwell, Herbert Hurlingford et une dizaine d'autres m'ont vendu leurs parts à la fin de l'assemblée. Le vague à l'âme l'a emporté sur la raison, ce qui confirme bien ce que j'avais toujours soupçonné – ce sont des imbéciles. La Compagnie va croître et prospérer ! Elle va devenir plus attentive aux affaires de la cité, et elle va diversifier ses intérêts.

Il rit et haussa les épaules.

— Bon, inutile de nous attarder sur des gens comme Sir William Hurlingford, n'est-ce pas ? Je veux des *femmes* au conseil d'administration, et je veux commencer par vous deux, mesdames, ainsi que mesdemoiselles Julia et Cornelia Hurlingford. Vous avez admirablement surmonté les difficultés de votre existence, et ne manquez assurément pas de bravoure ! Sans doute est-ce une innovation radicale que de former un conseil d'administration uniquement avec des femmes, mais à mon avis, la plupart des conseils sont déjà composés de femmes – de *vieilles* femmes.

Il haussa un sourcil magique à l'adresse de Drusilla et d'Octavia, qui l'écoutaient en silence, fascinées.

— Alors ? Mon offre vous intéresse-t-elle ? Naturellement, vous percevrez des indemnités. Le conseil précédent versait cinq mille livres par an à ses membres ; je dois cependant vous prévenir que je réduirai cette somme à deux mille livres

— Mais nous ne saurons que faire ! s'écria Octavia.

— C'est le cas dans la plupart des conseils d'administration, aussi n'est-ce point un handicap. Le président est John Smith, ne l'oubliez pas, et John Smith vous apprendra toutes les ficelles. Chacune de vous se verra confier un secteur spécifique, et je sais que vous étudierez les problèmes anciens avec des yeux neufs, et les nouveaux avec le genre de vision peu conventionnelle qu'on ne pourrait guère espérer d'un conseil traditionnel.

Il posa un regard grave sur Drusilla.

— J'attends votre réponse, Mère. Allez-vous entrer dans mon conseil d'administration, oui ou non ?

Drusilla referma sa bouche bée avec un claquement.

— Oh ! bien sûr ! Et les autres aussi, croyez-moi. Je m'en charge.

— Bien. Alors, votre première tâche va consister à déterminer qui nous engagerons pour les quatre derniers sièges du conseil. Des femmes, attention !

— Je dois rêver, dit Octavia.

— Absolument pas, répondit majestueusement Drusilla. C'est la réalité vraie, ma sœur. Les dames de Missalonghi se reprennent enfin.

— Quelle journée ! soupira Octavia.

Quelle journée en effet. Les dernières lueurs du soleil entraient, resplendissantes, par la porte de derrière, laissée ouverte, et qui donnait à l'ouest. Le siège de Missy était tourné dans la même direction. Elle voyait les longues volutes en éventail des nuages très hauts qui se teintaient de rouge comme sa robe, et entre eux le ciel vert pomme, et aussi la masse fleurie des arbres du verger, des traînées blanches et roses, d'un rose plus vif que ce joli soleil couchant. Mais son esprit et ses yeux, d'habitude si réceptifs aux beautés naturelles du monde, ne s'occupaient point de cette glorieuse vision. Car elle s'imagina qu'Una se tenait sur le seuil, et lui souriait. Una. Oh, Una !

— Ne le lui dites jamais, Missy. Laissez-lui croire que son amour et ses attentions vous ont guérie. (Una eut un petit rire joyeux.) C'est un homme adorable, mon chou, mais avec un caractère terrible ! Il n'est pas dans votre nature de le provoquer, mais quoi que vous fassiez, ne tentez pas le sort en lui disant la vérité sur votre maladie de cœur. Aucun homme n'aime être la dupe d'une femme, et, de ce point de vue, il a déjà suffisamment donné. Alors retenez bien ce que je vous dis : ne le lui dites jamais. Jamais.

— Vous partez, dit Missy, désolée.

— Oui, mon chou, je pars. Avec des bosses, mais je pars. J'ai accompli ma mission, et maintenant je vais prendre un repos bien mérité sur le nuage le plus doux, le plus joufflu, le plus rose, le plus *champagnisé* que je pourrai trouver.

— Je ne peux pas me passer de vous, Una !

— C'est idiot, mon chou, bien sûr que si. Soyez parfaite, surtout au lit, et vous ne pourrez jamais vous tromper. C'est-à-dire, tant que vous suivrez mon conseil – *ne lui dites jamais la vérité !*

Cette exquise lueur émanant d'Una s'était fondue dans les derniers rayons de soleil ; elle s'attarda encore un instant dans l'encadrement de la porte, traversée d'une lumière plus vive qui provenait aussi d'elle, puis la vision s'évanouit.

— Missy ! Missy ! Missy ! Que se passe-t-il ? Souffrez-vous ? Missy ! Pour l'amour du ciel, répondez-moi !

Penché au-dessus d'elle, John Smith lui frictionnait les mains, avec une expression de désespoir et d'horreur dans les yeux.

Elle réussit à lui sourire.

— Rassurez-vous, John, je vais bien, sincèrement. C'est seulement cette journée. Trop de bonheur !

— Vous feriez bien de vous habituer à en avoir trop, mon amour, car je vous jure que je vais vous noyer dans ce bonheur, dit-il, puis il se reprit. Vous êtes ma deuxième chance, Missalonghi Smith.

Une fraîche brise pénétra par la porte ouverte et, juste avant que Drusilla l'ait refermée, elle chuchota pour les seules oreilles de Missy :

— Ne le lui dites jamais ! Je vous en supplie, ne le lui dites *jamais* !

De la même autrice *(suite)*

« Les maîtres de Rome »

1. *Les Lauriers de Marius*, L'Archipel, 2002.
2. *La Revanche de Sylla*, L'Archipel, 2002.
3. *La Couronne d'herbe*, L'Archipel, 1996.
4. *Le Favori des dieux*, L'Archipel, 1996.
5. *La Colère de Spartacus*, L'Archipel, 1997.
6. *Jules César, la violence et la passion*, L'Archipel, 1998.
7. *Jules César, le glaive et la soie*, L'Archipel, 1999.
8. *La Conquête gauloise*, L'Archipel, 2000.
9. *César Imperator*, L'Archipel, 2001 ; Archipoche, 2006.
10. *César et Cléopâtre*, Presses de la Cité, 2004.
11. *Antoine et Cléopâtre* : le serpent d'Alexandrie, L'Archipel, 2009 ; Archipoche, 2010.
12. *Antoine et Cléopâtre* : le festin des fauves, L'Archipel, 2009 ; Archipoche, 2010.

Du même auteur
chez le même éditeur

L'île du maudit

1775. Richard Morgan tient une taverne à Bristol. Lorsque son fils unique disparaît et que son épouse est retrouvée morte, il est pris dans les rets d'une justice impitoyable. Il est jeté en prison, mais son calvaire ne s'arrête pas là...

Condamné à l'exil, il embarque avec d'autres forçats sur une frégate qui les conduit, après un long voyage, sur une petite île perdue au large de l'Australie : Norfolk.

Là, sur cette terre hostile, sa nouvelle vie l'attend. Des hommes violents gouvernent sans pitié, la loi du plus fort règne.

Morgan devra faire preuve d'une force d'âme à toute épreuve pour parvenir un jour à faire sienne cette terre lointaine.

À travers le destin de Richard Morgan, s'appuyant sur des faits historiques, Colleen McCullough retrace dans ce premier volet de L'espoir est une terre lointaine l'histoire des pionniers d'un nouveau continent : l'Australie.

« La force et la ténacité de son inoubliable héros
font de ce récit haut en couleur
l'un des meilleurs de McCullough. »
Publishers Weekly

ISBN 978-2-3773-5157-2 / 8,95 €

La revanche du maudit

Condamné à sept ans d'exil suite à une machination diabolique, Richard Morgan fait partie de la première expédition de proscrits vers la *Terra australia*, contrée hostile récemment découverte.

Loin de la mère patrie qui semble les avoir oubliés, les bagnards vivent en autarcie. Rivalités avec les autres forçats, manque de nourriture, épidémies… : nombreuses sont les difficultés à se dresser sur leur chemin.

Mais Richard Morgan n'est pas homme à se laisser abattre. Il fera peu à peu la preuve de ses talents et aidera à la survie et à la cohésion de la colonie. Et, qui sait, y rencontrera-t-il un nouvel amour ?

Second volet de *L'espoir est une terre lointaine*, ce roman retrace la fondation de l'Australie après sa découverte par Cook en 1776.

« Un roman ample, puissant, et très bien documenté. »
Kirkus Reviews

ISBN 978-2-3773-5161-9 / 8,80 €

Le temps de l'amour

Écosse, 1872. À seize ans, Elizabeth n'a jamais quitté son petit village, sa famille nombreuse et son père autoritaire.
Aussi sa vie est-elle bouleversée par la demande en mariage d'Alexander Kinross, un cousin parti faire fortune en Australie.
Après une longue traversée, Elizabeth découvre un pays sauvage et un homme qui l'impressionne – mais dont elle pressent qu'elle ne l'aimera jamais. Par chance, il y a la sulfureuse Ruby qui, malgré son amour pour Alexander, prend Elizabeth sous son aile… jusqu'au jour où celle-ci croise le chemin de Lee, le jeune fils de son amie…
Avec le brio qu'on lui connaît, Colleen McCullough tisse un récit courant sur près d'un demi-siècle. Une saga nourrie de personnages attachants et de rebondissements, dans la veine de son livre le plus célèbre, Les oiseaux se cachent pour mourir.

« Ce roman déroule toute la palette des émotions humaines. Une saga captivante de bout en bout ! »
Sunday Telegraph

ISBN 978-2-3773-5306-4 / 9,95 €

Les quatre filles du révérend Latimer

Australie, 1925. Les sœurs Latimer, 18 et 19 ans, sont réputées dans toute la région pour leur beauté, leur esprit et… leur ambition. Edda et Grace, les aînées, sœurs jumelles, sont issues de la première union du révérend Latimer ; Heather et Kitty, également jumelles, sont les filles de l'ex-gouvernante du presbytère, qui a épousé le pasteur en secondes noces.

Fuyant l'austérité du foyer, elles décident de se former toutes quatre au métier d'infirmière dans l'hôpital de leur ville natale, en Nouvelle-Galles du Sud. Là, elles pourront aussi laisser libre cours à leurs aspirations – la recherche de l'amour et de l'indépendance. Quel que soit le chemin qu'empruntera chacune, elles le savent, elles resteront à jamais unies. Mais la Grande Dépression n'est pas loin, qui pourrait balayer bien des rêves…

Dans la veine de ses grandes fresques sentimentales, Colleen McCullough signe un ultime chef-d'œuvre.

« Une saga épique, enlevée et prenante,
à l'image de ses quatre héroïnes. »
Women's Weekly

« Colleen McCullough est sans égale ;
ses personnages sont plus vrais que nature. »
The New York Times

ISBN 978-2-3528-7909-1 / 8,80 €

Cet ouvrage a été composé
par Facompo
à Montrouge (Hauts-de-Seine)

Impression réalisée par
CPI France
en avril 2021
pour le compte des Éditions Archipoche

Imprimé en France
N° d'édition : 676
N° d'impression : 3043080
Dépôt légal : mai 2021